孙中山先生
铜像重塑实录

郑玉玺　著

南京出版传媒集团　南京出版社

此书献给

参与南京新街口广场孙中山先生铜像重塑工作的

所有决策者、工作者和捐助者

致 谢

※

此时，我的心中充满感激之情。

感谢孙中山先生的孙女孙穗英女士及其夫林达文先生、孙子孙治强先生及其妻林伦可女士、孙女孙穗华女士及其夫张家恭先生、孙女孙穗芳女士、儿媳弟弟陈志昆先生及其妻黄寿珍女士和他们的女儿陈燕女士及女婿卓贵添先生对本书的关心和支持！

感谢中共江苏省委宣传部副部长徐宁对本书的关心以及向出版社做的推荐！

感谢我的好朋友、著名书法家秦肅翊为本书题写书名！

感谢我的老同事、重塑办副主任孙盛宇抽出时间校阅书稿！

感谢鼎力支持本书出版的南京出版社，感谢认真严谨的卢海鸣社长！感谢资深美编王俊、责任编辑刘娟和为本书图片完美呈现而付出辛劳的工作人员！

感谢妻子徐欣对我写作本书的支持、激发和整理，以及完美体贴的生活照顾！

感谢我三个儿子儿媳、三个孙子及孙女对我的支持和赞美！

最重要的，我要深深地感谢每一位孙中山先生铜像重塑工作的参与者。大家辛勤的付出，促使我必须完成对这个历史事件的完整记录工作，留给后人，以示纪念。

郑玉玺

前　言

※

凡是去过南京新街口的人，都会看到广场中央耸立着一尊孙中山先生铜像，那刚劲挺拔的身躯，坚定自若的神情，深邃有神的目光，即将出行、奔走革命的步态……再现了孙中山先生终结中国两千多年封建帝制、开创民主共和体制、在南京就任中华民国临时大总统时的领袖风采。

这尊具有南京独一无二特色、堪称一流精品的铜像，高 5.75 米，重 6.2 吨，经过两年半时间筹办，上千位市民和近百名专家学者直接参与，大家踊跃献计献策，积极捐钱捐物。铜像经由全国著名雕塑家组成的雕塑委员会的集体设计，在全国招标、四轮选拔而产生的一流雕塑家的艰辛创作下，于 1996 年 11 月 12 日孙中山先生诞辰 130 周年时落成。

它是全球上百尊孙中山先生铜像中最受关注的一尊：一是体量大，高 5 米有余；二是位置显要，位于原民国首都、现已发展为特大城市——南京的市中心；三是由国内一流雕塑家集体设计，通过全国招标选中的一流雕塑家创作的；四是没花政府一分钱，全部由社会民众捐赠；

※

五是经中共中央、国务院直接下文批准的，因而给人们留下深刻的印象。

这尊铜像的诞生，经历了一场社会大讨论，是市民、专家和领导集体智慧的结晶。其过程富有不少传奇色彩，还有许多从未披露、鲜为人知的故事。笔者是当时承办单位的主要负责人，参与了建设的全过程，亲身体验了孙中山先生伟大精神和高尚品格的魅力，感受了中华儿女，尤其是南京人民对他的敬仰、热爱和眷恋之情，深感这是一件具有广泛现实意义和深远历史意义的大事。由于承办单位是个临时机构，在任务完成后就会撤销，除一些重要文件能存档保留外，过程中许多鲜活生动、感人有趣的情节和资料没办法保留下来，都将被时间湮灭。笔者意识到这些史实具有无法估量的留存价值，不是一块碑记所能包含的，因此在兴办过程中就注意收集资料。

铜像落成后，南京市地方志编纂委员会办公室曾经向笔者约稿，希望能把孙中山先生铜像重塑的来龙去脉写出来，书名都取好了，就叫《孙中山先生铜像重塑始末》，作为市志的一个补充。当时笔者考虑到这项工程在实施过程中曾发生不少争议，虽然已经经过社会公众广泛参与的大讨论，最终使大多数人的意见趋于一致，但仍有部分人存在不同看法，需要一些时间的沉淀。

后来因地铁施工，刚建好几年的孙中山先生铜像需要临时外迁，在长达九年多外迁的时间里，由于交通流量的增加，出现了新的疑问：铜像是否回迁？这实质上是历史文物与城市交通发生矛盾谁给谁让路

※

的问题，又引起了一场更长更大规模的社会大讨论。

争论的结果证明了新街口这里已经不能缺失孙中山先生的身影。绝大多数市民感到孙中山先生铜像被迁出的这段漫长的时间里，新街口就像缺了魂一样。在媒体上，在南京“两会”里，在各种研讨座谈会上，在民众的千呼万唤中，孙中山先生铜像（1996 年重塑）终于在 2010 年被回迁至原址。至于交通矛盾，运用技术手段对车流加以调整就解决了。这就是现在人们看到的南京新街口的模样。孙中山先生铜像立于新街口广场能成为社会共识，应该说这两场社会大讨论功不可没。

南京市重塑铜像的这段历史，产生了许多感人的故事，是南京人民宝贵的精神财富。当人们在新街口仰望这尊铜像时，谁知道它身后曾经发生的那些事？本书将铜像重塑的来龙去脉反映出来，尽可能忠实地再现历史原貌，弥补南京史书上的这一空缺，以飨读者。

孙中山先生铜像重塑时，海内外中华儿女数千人纷纷慷慨解囊，连孩子们都热切地将压岁钱捐出；省市一流的城建、规划、建筑、园林、照明、环境、交管等专家和研究近代史、孙中山思想的学者积极献计献策；全国一流的雕塑家和雕刻家集体构思、精心创作……笔者感到不把他们写出来，存留于史，就对不起他们。原来曾承诺将捐赠 20 万元以上的单位和个人刻留于碑，但后来市领导考虑孙中山先生是一代伟人，文字留于碑上分寸不易掌握，不搞为宜。对捐赠者的这个遗憾，特以此书加以弥补。

※

本书6万字，附图100余张，图文并茂，涉及的范围，纵向从1930年新街口广场形成开始，至2010年孙中山先生铜像回迁及复建广场为止；横向以重塑孙中山先生铜像为中心，涉及决策、审批、招标、设计、施工、落成、捐赠、评价、回迁等各个层面和环节。内容以叙述事件发展过程为主，适当夹带评议，并做了后期延伸（赠送台湾小样铜像、回迁风波），以期让读者全面了解孙中山先生铜像重塑的真实历史，为这一公益事业画上一个圆满的句号。

由于笔者已是耄耋之年，身体渐弱，抱病伏案，虽倾尽全力，仍存不当之处，敬请读者谅解。

目　录

※

第一章

铜像与广场

梅屋庄吉赠送的孙中山先生铜像

梅版孙中山铜像

1925 年 3 月 12 日，孙中山先生在北京逝世。其生前的日本挚友梅屋庄吉获悉后非常悲伤，不惜变卖家产，为孙中山先生铸像，一来表达他对孙中山先生的怀念，二来希望孙中山先生能被后人永远纪念。

铜像制成后，高 2.9 米，重约 1 吨。1929 年 3 月，梅屋庄吉携妻子、女儿亲自乘船护送铜像至南京，希望能将铜像安放在中山陵。但由于中山陵的设计非常严谨，没有机动的位置可放，只能暂且存放在南京中央陆军军官学校内。

大炸弹模型

1935 年 6 月，为增进市民防空意识，国民政府在新街口广场中央竖立一个高 12 米、直径 2 米的大炸弹模型，这是南京新街口广场竖立大型雕塑的开始。

大炸弹模型

1937年12月13日，日寇侵占南京。1938年1月，大炸弹模型被拆除。1940年3月，汪精卫在南京成立伪国民政府。汪精卫为了笼络民心，表示自己是孙中山先生的追随者，于1942年11月12日孙中山先生诞辰76周年之际，将放置在南京中央陆军军官学校的梅版孙中山先生铜像移放到新街口广场。

1945年9月抗战胜利，次年5月5日国民政府还都南京，新街口广场的孙中山先生铜像维持原状未动，只对广场作了部分维修。1949年4月23日南京解放，新街口广场的孙中山先生铜像仍维持原状未动，只整修了人行道、护栏及绿化。后因举行阅兵及群众游行，在铜像旁修建了牌楼和检阅台。1966年，为纪念孙中山先生诞辰100周年，将牌楼拆除，恢复广场原貌。

梅版孙中山先生铜像及基座

1966 年 8 月，“文化大革命”爆发，有人要损毁孙中山铜像，根据国务院指示，中共南京市委立即紧急将铜像转移到中山陵园管理处妥为保存。

1968 年 6 月，周恩来总理指示将铜像移至中山陵广场南端鼎台上，供游人瞻仰。

临时移往中山陵广场南端鼎台上的梅版孙中山先生铜像

1985 年 3 月 12 日孙中山先生逝世 60 周年时，中山陵园辟建“孙中山纪念馆”，中共江苏省委在听取专家意见并征得孙中山先生及梅屋庄吉的遗属同意后，慎重决定：将铜像正式安放在纪念馆主楼前广场。楼后有长达 125 米冯玉祥赠送的刻有“三民主义”全文的碑廊，楼内陈列有孙中山先生的《三民主义》和《建国方略》及民国史料等文物，既能使铜像、环境和史料融为一体，相得益彰，又符合当年铜像捐赠者的初心，使铜像有了理想的归宿，获得社会各界的认同。

正式移往孙中山纪念馆前的梅版孙中山先生铜像

金钥匙

自1966年8月28日孙中山铜像被移走后，广场中心一直空着，直到改革开放开始。当时的背景是以经济建设为中心，于是在1989年9月国庆40周年前夕，由南京市国庆办公室从20个方案中选定“三把金钥匙”雕塑放在新街口广场。雕塑圆柱直径1.2米，高分别为14米、12.5米和16米，寓意以“科学、民主、法制”这三把钥匙，打开南京现代化大门，实现建设国际化大都市的宏愿。

“三把金钥匙”雕塑

但由于它属抽象派作品，其内涵不易理解，且易产生遐想，替代不了孙中山铜像的影响，广大公众包括海外华人强烈呼吁“孙中山”回来。如当时位于南京新街口广场的国内第一高楼——金陵饭店的投资人陶欣伯先生，便向省、市领导提出“你们还有一人没有落实政策”，指的就是新街口广场原有的孙中山铜像。

此时海内外孙中山塑像已有很多，据统计其中身着西服的占 42%，身着中山装的占 39%，其他还有身着袍褂、身着元帅服、身着大袄（不是大衣，也不是现代的风衣，较大衣、风衣略短，广东称“大袄”）的。另外持礼帽的占 19%，持手杖的占 64%。

孙中山先生塑像

第二章

启动重塑

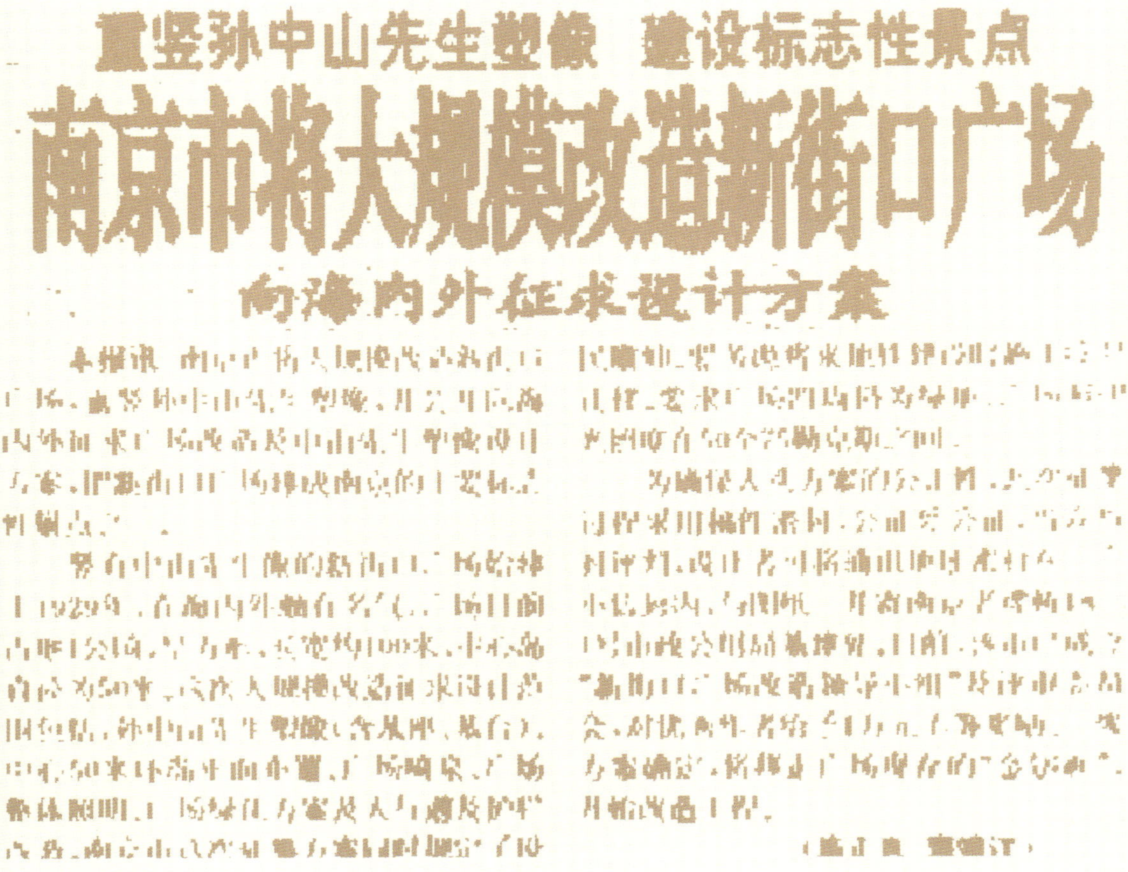

呼唤铜像

中共南京市委、市政府经过长时间酝酿，并征得中共江苏省委同意，于1994年9月5日决定在新街口广场重塑一尊孙中山先生铜像，经费全部由社会捐赠，通过公开招标选定工程方案和雕塑家，让全民广泛参与，打造一个品质一流、具有本地特色、代表南京文化并具有深刻内涵的城市标志。

决定一经在媒体上发表，立刻引起海内外尤其是南京市民的强烈反响。人们感到十分兴奋，热切期盼久违的孙中山先生铜像能重新树立在新街口广场中央。南京市民通过媒体纷纷表示，孙中山先生与南京确实有太多的不解情缘。

一是南京拥有孙中山先生的太多印记。孙中山先生创建的中华民国临时政府建都在南京，他就任临时大总统在南京，其遗体又安葬在南京。贯穿城区的中山大道、总统府、宏伟的中山陵、中山纪念堂、中山书院、中山码头、中山桥、逸仙桥、中山门、逸仙小学等等，构成了南京以孙中山先生命名的“中山文化特色”的地名群。

20世纪30年代的国民政府（总统府）

中山陵鸟瞰

二是南京市民对孙中山先生有着深厚的情感。南京的城市名片是“博爱之都”，南京的城市文化之一是“中山文化”。

三是海外华侨对孙中山先生有着深厚的革命情怀。孙中山先生海外活动基地运营的经费，组织兴中会、中国同盟会、中华革命党及领导和发动10次武装起义、筹集购买武器弹药的资金，都是海外的爱国华侨慷慨解囊、积极支持的。当时有的华侨回国观光投资，特地到新街口广场寻找记忆中的孙中山铜像，可见孙中山先生在他们心中的地位。

四是孙中山先生对南京钟爱有加。早在1912年，孙中山在紫金山打猎时，就曾对身边的胡汉民说过：“等我他日辞世后，愿向国民乞此一抔土，以安置躯壳尔。”1925年他在北平（今北京）临终前又对宋庆龄、汪精卫等人嘱咐：“吾死之后，可葬于南京紫金山，因南京为临时政府成立之地，所以不可忘辛亥革命也。”由此可见孙中山先生与南京情缘深厚。

因此，在南京城市的中心重新塑造一尊孙中山先生铜像，有着其他任何城市难以比拟的条件，市委、市政府做出的这项决定，可以说是顺应历史、合乎民心。

组织机构

成立一个什么样的行政决策组织是工程能否顺利完成的决定因素，当时提出了两个方案：

一个是由副市长周学柏提出的方案：按一般的市政工程操作，直接交由市政公用局负责实施，市建委、市规划、市园林、市公安等有关部门配合。

一个是由市建委提出的方案：成立“南京市中山广场筹建委员会”（新街口广场更名为中山广场），由市委或市政府主要领导任主任，其他领导任副主任，由市委宣传部、市委统战部、市建委、市规划局和市政公用局等部门参加。委员会下设办公室作为执行机构，驻市政公用局，由市政府秘书长任办公室主任，市委宣传部、市建委各派一位领导任副主任。办公室分设秘书、方案征集、工程建设三个小组，分别承担舆论宣传、募集资金、征集方案、组织评审、工程建设等任务。

中共南京市委、市政府考虑到这不是一般的市政工程，而是一项重大的具有政治、经济、文化等多重意义且影响广泛深远的文化工程，不但要做到工程一流，还要发动群众，集思广益，积极参与，捐款捐物。最后确定的方案是：成立在市委、市政府领导下的“新街口广场改造工程领导小组”作为决策机构，由分管副市长周学柏任组长，成员有市政府副秘书长、市政公用局、市规划局、市委统战部、市委宣传部、市建委、市容委、市园林局、市文化局等相关部门领导；下设办公室（下文统称重塑办）作为执行机构负责日常工作，由市政公用局分管副局长郑玉玺任办公室主任。实践证明这个组织机构层次少、责任明、效率高。

新街口广场改造方案评审委员会主任委员齐康院士

专家团队

中共南京市委、市政府成立两个由权威专家组成的评审委员会，一是“新街口广场改造工程方案评审委员会”（简称“广场改造评委会”），二是“重塑孙中山铜像雕塑评审委员会”（简称“雕评委”）。

“广场改造评委会”的职能是：对广场招标的应标者进行评审，决出优胜者，并在广纳社会各界对广场改造意见的基础上，提出自己的建议方案，供市委、市政府决策。

聘任的专家是江苏省和南京市有关建筑、规划、环境、雕塑、艺术等领域的领军人物。

主任委员由中国科学院院士、东南大学建筑研究所所长、教授齐康担任，其主要参与设计的作品有：南京雨花台烈士纪念馆、中国共产党代表团梅园新村纪念馆、淮安周恩来纪念馆、侵华日军南京大屠杀遇难同胞纪念馆、人民英雄纪念碑、毛主席纪念堂等。

委员有:

麦保曾，南京市政协原副主席，南京市规划局总工程师，建筑艺术咨询委员会主任委员。

丁公佩，江苏省建筑设计院总建筑师，教授级高级建筑师，建筑艺术咨询委员会委员。

叶菊华，南京市建委总工程师，教授级高级建筑师，建筑艺术咨询委员会委员。

沈国尧，东南大学建筑设计院总建筑师、教授，建筑艺术咨询委员会委员。

陈铎，南京市规划局总工程师，教授级高级工程师，城市规划咨询委员会主任委员。

陈福瑛，南京市规划局总工程师，教授级高级规划师，城市规划咨询委员会委员。

姜虹飞，南京市人大常委会副主任，教授级高级工程师，城市规划咨询委员会委员。

王宗唐，南京市市政公用局教授级高级工程师，城市基础设施咨询委员会委员。

徐大陆，南京林业大学园林研究所所长、教授，城市环境咨询委员会委员。

赵完璧，南京市玄武湖公园管理处总工程师，城市环境咨询委员会委员。

王励前，南京市政协副主席，民革南京市委会主任委员。

叶宗镐，江苏省美术馆一级美术师，江苏省美术家协会会员，江苏省城市雕塑艺术指导委员会（筹）委员。

冯健亲，南京艺术学院院长、教授。

张祥水，南京艺术学院副教授。

张鸿雁，南京大学城市科学研究中心主任、教授。

蔡鸿源，中国第二历史档案馆研究员，江苏省孙中山研究会副会长。

李祯祥，全国城市雕塑艺术委员会委员、研究员，首都城市雕塑委员会副主任，著名雕塑家。

项目审批

由于这个工程是重塑一尊伟人的铜像，其位置又是在具有悠久历史文化的省会城市中心，建成后必将成为重要文物获得长期保存，影响广泛且深远，所以审批非常严格，共经过六道程序，上至中央。

一、南京市建委立项：1994年11月5日，南京市建委以“宁建综字〔1994〕652号文”确定工程主体、建设意义、建设单位、经费来源及方案评选方式。

二、建设部批复同意立项，对塑像的位置予以确认。

三、由南京市人民政府上报江苏省人民政府审核同意。

四、中共中央、国务院审查批准。

五、全国城市雕塑建设指导委员会会同文化部对塑像的质量进行监督审核。

六、根据全国城市雕塑建设指导委员会和文化部就塑像的审核意见，南京“雕评委”监督雕塑家对泥塑大样进行修改，并验收认可。

为什么要经中共中央和国务院批准？因为这不是一尊普通的雕塑。按照中央文件规定，给孙中山这样级别的人物塑像，又是在南京这样副省级城市的市中心位置，是比较重大的项目，必须按照《中共中央办公厅、国务院办公厅关于严格执行建立纪念设施有关规定的通知》（中办发〔1996〕5号）执行，文中规定：“建立纪念设施必须报经党中央、国务院批准”“必须严格按照规定程序报批”“经党中央、国务院批准建立的纪念设施，要纳入基本建设审批项目，严格按照基建程序办理并从严掌握经费开支”，并接受全国城市雕塑建设指导委员会的指导。为此笔者作为重塑孙中山先生铜像办公室主任深感时间紧迫，必须亲自赴京办理，不能有任何闪失和耽误，否则就有可能发生在举行落成典礼时还拿不到批文的风险。而落成的日期已经定在孙中山先生诞辰130周年纪念日，并已向全世界作了公布，是不能改变的。

但笔者到了北京后得知向中共中央和国务院报批的程序是必须先报国务院批准后再报党中央，不巧的是时任国务院总理李鹏正赴国外访问，且是好几个国家，不知多久回来，于是向国务院办公厅的同志说明事情的紧急，希望帮助一下。他们

笔者亲往北京办理批文，在南京市政府驻北京办事处前留影

十分同情，但只能每天送审批文件时把我们的文件翻放在最上面，终于在李鹏总理回国上班的当天就批下来了。由于李鹏同志为中央政治局常委，按照规定也不需要再报党中央。

1996 年 10 月 6 日，下发了《国务院办公厅关于同意在南京市新街口广场重塑孙中山雕像的复函》（国办函〔1996〕67 号），主要内容是：

江苏省人民政府：

你省《关于在南京新街口广场重塑孙中山雕像的请示》（苏政发〔1996〕97 号）收悉，经党中央、国务院批准，现复函如下：

一、为了纪念伟大的革命先行者孙中山先生，弘扬民族精神，推动祖国统一大业，对广大青少年进行革命传统和爱国主义教育，同意在南京市新街口广场重塑孙中山雕像，经费由南京市自筹。

二、请你省及南京市人民政府加强对孙中山雕像建设工作的指导和监督，确保高质量完成重塑孙中山雕像的有关工作。

此时距落成典礼只剩下36天了，期间要完成全国城市雕塑建设指导委员会和文化部对雕像的审查，如果文来文去，肯定来不及。

所幸全国城市雕塑建设指导委员会的秘书长程允贤受邀担任南京“雕评委”成员，曾三次赴南京，非常了解情况。他提出了一个既不违反程序又节省时间的方法：让笔者电告南京将孙中山泥塑大样按各个角度拍成照片寄来，由程允贤秘书长负责转全国城市雕塑建设指导委员会和文化部相关部门审查。结果仅三天就将审核意见拿出来了。全国城市雕塑建设指导委员会和文化部对雕像总体十分满意，只需作局部小改即可，并授权南京的“雕评委”负责最终验收，合格后即可进入下一步翻砂制模浇铸阶段。这使我们赢得了宝贵的时间，但事后想想这一段经历，还是感到太悬了。那为什么不能早点向中央报批呢？这是因为中央的这个规定的文件是1996年才下发的，我们接到文件就开始启动报批程序，在市政府和省政府转报这两个环节，每个环节都仅用了一周时间，都是高效率的了。

建设部批文是这样写的：

为弘扬孙中山先生的革命精神，推动祖国统一大业，你市拟更名改建新街口广场为中山广场，重塑孙中山先生纪念像，经研究同意立项。孙中山先生纪念像的雕塑具有重要的政治意义，应当保证艺术质量，并与周围环境协调。请全国城市雕塑建设指导委员会给予支持和配合。

应该说这项工程的审批手续是比较完备的，从层级讲，已到了中央，从部门讲，建设部、文化部、全国城市雕塑建设指导委员会都有明确的态度，完全符合国家基建程序。

第三章

社会大讨论

为把新街口广场改造得更好
市政府召开座谈会听取各界意见

本报讯 昨天下午，市政府召开“我心中的新街口广场”座谈会，就广场改造、重建孙中山先生塑像通报情况，并广泛听取各界意见。省民革、民盟、民建、民进、农工党、致公党、九三学社、台联、侨联、工商联等10个民主党派、团体和社会知名人士参加，并积极提出建议。

杭树欢代表省民革建议：新街口广场改造后可更名为孙中山广场或中山文化广场；广场四周应有浮雕反映孙中山一生重大事件；四周道路绿化应作调整，选用松柏等常青庄重树种，伐去部分悬铃木。

广场四周天桥该拆还是利用是大家发言为热点。省民革、省民建等党派代表都认为，孙中山先生塑像立起来之前就应拆去天桥，否则有碍中山先生形象。东大高级建筑师龚容分则提出，广场可建两层，塑像放在二层上，底层则建服务设施或水幕。这样，天桥仍可利用，并可进一步通至沿街商店，提高利用率。

与会代表都认为塑像是关键的关键，必须慎重设计，适当延长设计期。省农工党秘书长孙国治还提出，应统盘考虑新街口将建地铁的因素。省民建代表臧克勤高工说，应建喷水池以求动静结合。林选才副市长代表市政府对大家的建议表示感谢。他说，所有建议均将整理分类提交专家小组，供评审决策参考。同时欢迎市民继续踊跃参加，提出各种改造建议。

（孙若祥　金勇军）

新街口是南京的市中心，在这样重要的地方，重塑这样重要的塑像，不仅南京市的民众非常关心，海内外的华人华侨也十分关注。为了把这项工程办好，中共南京市委、市政府认为必须让广大民众自始至终参与，变成民众自己的事，让民众出钱、出力、出智慧。工程的经费由大家出，工程的建设由大家干，工程的方案由大家议。为此主动设置了来信来电来访、报纸专栏、座谈会、通报会、发布会、展示会、公示大样等大量平台，让民众广泛参与进来，很快就形成了一场全民参与的社会大讨论。通过这场大讨论，中共南京市委、市政府广纳良策，集思广益。社会大讨论沟通了民众、专家与政府间的意见，排解了工程的难点，促成了认识的统一，为工程的顺利进行奠定了思想基础。

1994 年 9 月 5 日，中共南京市委、市政府决定在城市中心的新街口广场重塑

1943 年前后的新街口

孙中山先生铜像的消息一经发布，立即在社会上引起了强烈反响。最初因不甚了解决定的意义和背景，争议的焦点集中在“广场要不要有孙中山铜像？”有人认为28年前广场虽然有一尊铜像，但现在经过改革开放，四周高楼林立，交通流量增加，商业金融发展，四周又建起了人行天桥，广场原本就不大，已不适合做纪念性广场。实际上这些问题通过工程措施都是可以解决的，但新街口广场这个地理位置却是别处无可替代的。早在52年前这里就有的孙中山铜像已深入国内外中华儿女的心中，南京打造中山文化的定位也决定了这里必须要有一尊孙中山铜像。

原来的那尊铜像只有2.9米高，与周围已建的高110米的金陵饭店和其他将建的百米以上高楼相比，体量偏小了。铜像经50多年风雨剥蚀，壁厚已大大减薄，而且它已找到了合适的位置，安放在钟山风景区的孙中山纪念馆前，无论从体量、内涵、捐赠者的初心和对文物的保护各方面考量都是最好的归宿。

因此，新街口广场必须“重塑”一尊新的孙中山铜像，既具有南京特色，又作为城市标志和名片，可以体现中山文化。新街口广场也必须彻底改造，不但要满足作为广场核心和灵魂的铜像的要求，也要兼顾交通中心、商业中心等其他功能的要求，还要动员广大市民积极参与，献计献策、捐款出力，共襄义举、共同努力，才能办好这件大事。

发扬民主，广纳民意

承办者认识到：这不是一项普通的市政工程，是涉及政治、经济、文化多方面，具有广泛现实意义和长远历史意义的重大举措。鉴于当时不少人对重塑孙中山先生铜像有不同想法，存在认识误区，必须要花大力气，舆论先行，因势利导，搭建多种平台，广泛听取意见，开展一场全社会的大讨论，组织专家学者积极引导，逐渐形成社会共识。

中共南京市委、市政府定专人负责各界群众来访、来电、来信。据1994年12月至1995年5月的统计，全国各地来信、来电、来访共485件，被一一登记在册，并有访必接，提问必答，索要（资料）必给，来信（112封）必复。从身份看，他

为把新街口广场改造得更好
市政府召开座谈会听取各界意见

本报讯 昨天下午，市政府召开“我心中的新街口广场”座谈会，就广场改造、重建孙中山先生塑像通报情况，并广泛听取各界意见。省民革、民盟、民建、民进、农工党、致公党、九三学社、台联、侨联、工商联等10个民主党派、团体和社会知名人士参加，并积极提出建议。

杭树欢代表省民革建议：新街口广场改造后可更名为孙中山广场或中山文化广场；广场四周应有浮雕反映孙中山一生重大事件；四周道路绿化应作调整，选用松柏等常青庄重树种，伐去部分悬铃木。

广场四周天桥该拆还是利用是大家发言的热点。省民革、省民建等党派代表都认为，孙中山先生塑像立起来之前就应拆去天桥，否则有碍中山先生形象。东大高级建筑师龚容芬则提出，广场可建两层，塑像放在二层上，底层则建服务设施或水幕。这样，天桥仍可利用，并可进一步通至沿街商店，提高利用率。

与会代表都认为塑像是关键的关键，必须慎重设计，适当延长设计期。省农工党秘书长孙国治还提出，应统盘考虑新街口将建地铁的因素。省民建代表臧克勤高工说，应建喷水池以求动静结合。林选才副市长代表市政府对大家的建议表示感谢。他说，所有建议均将整理分类提交专家小组，供评审决策参考。同时欢迎市民继续踊跃参加，提出各种改造建议。

（孙荣祥　金勇军）

《为把新街口广场改造得更好　市政府召开座谈会听取各界意见》

（《南京日报》1995 年 3 月 15 日第二版）

南京市向社会各界征集对新街口广场改造工程的建议

本报讯 为更广泛吸纳社会各界对新街口广场改造工程的意见及建议，帮助投标设计者拓展思路。南京市新街口广场领导小组办公室、南京信业集团股份有限公司今日起联合举办“我心中的新街口广场”征求建议活动。

这次征集建议范围包括：孙中山先生塑像设计思路（含基座、基台）；中心50米环形岛布置；广场喷泉设计思路（亦可不设）；广场照明布置；广场绿化及人行道改造（含护栏）。建议及意见要具体，最好图文并茂。读者的建议信件，将由领导小组有关专家负责评审，对于优秀的建议及意见，本报将及时刊出。

为鼓励社会各界人士参与，征集活动特设“信业杯读者建议奖”，设1、2、3等奖及参与奖，分别颁发奖金、奖品及纪念证书。据悉，活动期间还将举办来信代表与设计专家座谈会，拟将发行纪念邮品、纪念币。《扬子晚报》协办此次征集活动。建议来信请寄：南京市老虎桥18号之一，南京市政公用局内“新街口广场工程领导小组办公室收”，邮编：210018。（窦靖江）

《南京市向社会各界征集对新街口广场改造工程的建议》

（《扬子晚报》1995 年 2 月 7 日第二版）

们来自各个阶层，有专家学者、工人、农民、军人、学生、离退休干部等；从地域看，他们来自全国各地，有江苏省、河北省、四川省、北京市、上海市、天津市、广东省、陕西省、山东省、辽宁省、黑龙江省、内蒙古自治区、山西省、湖北省、湖南省、江西省、安徽省、浙江省、福建省、贵州省、新疆维吾尔自治区、广西壮族自治区等22个省、直辖市、自治区；从来意看，有建言献策、索取资料、新闻采访、联系捐赠、咨询应征等。他们普遍赞扬中共南京市委、市政府的这一决定，要求政府不能把此事当作普通市政工程来搞，应打造成具有标志性、永久性的文化广场。为鼓励市民踊跃参加重塑工程，南京信业集团股份有限公司主动出资开展评优活动。

“信业杯”优秀建议评分统计表

	分数 / 姓名	评委（郑玉玺）	评委（裴广柱）	评委（孙盛宁）	评委（陈卫国）	评委（曹介森）	合计
一等奖	汪冰石	10	8	9	9	9.9	45.9
	范良	8	8	8	8	9.95	41.95
	赵国勇	9	6	8	5	9.3	37.3
	宋健明	9	6	7	6	9.2	37.2
	周海鹰	7	6	8	7	8.9	36.9
二等奖	伍和员	8	6	7	6	9.8	36.8
	唐春燕	7	6	8	5	9.7	35.7
	翁天禄	7	6	7	6	8	34
	张　权	9	6	7	2	9.5	33.5
	华定智	7	6	8	4	8.5	33.5
	杭树欢	7	6	7	4	9.1	33.1
	韩　工	7	6	6	5	9	33
	戈　玮	7	4	8	5	8.3	32.3
	吴支超	6	6	8	2	9.6	31.6
	刘富安	6	6	6	3	9.7	30.7
三等奖	周传顺 史忆中	6	6	7	2	9.6	30.6
	张省清	7	6	6	2	9	30
	陆江淮	7	4	6	4	9	30
	梅湃仁	7	4	7	3	8.7	29.7
	周安庆	5	4	3	9	8.5	29.5
	陈绍吉	5	4	4	8	8	29
	裴俊才	6	4	7	3	9	29
	雷宁平	6	4	7	2	9.3	28.3
	薛文涛	7	4	7	1	9.1	28.1
	陈建平	7	4	6	2	9	28

“信业杯”优秀建议评分统计表

在媒体上开辟专栏

中共南京市委、市政府在南京发行量逾百万的《扬子晚报》上开辟专栏《我心中的新街口》和《市民茶座》“南京新街口广场怎样美化好？”，选登对新街口广场改造和重塑孙中山先生铜像的意见和建议，自 1994 年 9 月至 1995 年 3 月共收到各种意见和建议 1000 多条，选登上报的有 25 人。重塑办与南京信业集团股份有限公司和《扬子晚报》社三方联合推出《我心中的新街口》建议有奖活动，共收到意见和建议 75 份，有 50 人获奖，分别是一等奖 5 名、二等奖 10 名、三等奖 35 名，还举行一次由市领导主持的各界专家共 40 人参加的座谈会，面对面听取大家意见。

市民茶座

本期话题

南京新街口广场怎样美化好？

搬走“金钥匙”

省电力研究所玉树：我的一些外地朋友来宁观光，对新街口广场“金钥匙”颇多微辞，都认为“不伦不类”，难以体现古都特色和名城风貌。朋友们一致建议重树孙中山铜像以取而代之。

营造两种氛围

南京虎踞关21号盛静涛：新街口广场的美化，我认为要重点营造“历史名城”和“国际化大都市”两种氛围。具体说，一是在广场周围竖起南京指南标牌，介绍南京的发展概况；二是在环形天桥建起美观的中英文对照霓红灯广告，宣传江苏省的名特优产品。

谨防“东施效颦”

南京714厂王家琪：“东施效颦”是对弄巧成拙、事与愿违的恰当比喻。新街口广场怎样美化，要结合中国、南京的具体情况，切忌盲目照搬或效仿外国、外地城市的所谓经验，谨防“东施效颦”。本栏编辑　**程晶明**

市民茶座

本期话题

南京新街口广场怎样美化好？

一位老台胞的心愿

南京老虎桥32号水羊：见到这次话题预告后，我立即拨通台湾亲戚的电话，征询他的意见。他在电话里说：希望下次来宁时看到孙中山先生的坐姿塑像，让他老人家坐看东方巨龙翘首奋飞，古都金陵焕发青春！

铜像重塑　地名不改

南京鼓楼区丁安祥：新街口广场重塑孙中山先生立姿铜像，着装以先生生前首倡的中山装为好，西装礼服、持柱手杖不足取。至于将新街口广场更名“中山广场”，汉中路更名“中山西路”，无论从历史、现状以及将来考虑，均无必要。

尚需再商量

南京廊后街31号陈明华：新街口广场重树孙中山铜像，笔者认为此举尚需再商量。作为一代历史伟人，孙中山与中山陵早就联系在一起，国内外知名度非常高了，广场再安铜像会给人以喧宾夺主、重复建设之感。再说其视觉效果也不好。　本栏编辑　**程晶明**

《扬子晚报》开辟《市民茶座》“南京新街口广场怎样美化好？”

海内外读者为新街口广场改造献良策

马来西亚华侨张省清：我在国外看到许多城市中心广场一般都设计重要人物塑像或纪念碑，成为该城市的历史特征。目前新街口广场布局规模小了一些，四周建筑物不协调，没有体现南京城特色，建议：要有一个全局性完整规划，把广场改建成南京特色的“绿化广场”。在中山天桥上竖中山先生和宋庆龄画像或“天下为公”之类的名言名句。由市政府领导、各界市民及海外华侨亲手在广场四周栽上市树市花来烘托孙中山塑像的英姿。**山东济南市钟表厂李维庆**：我们发明一种高科技全方位显示技术，可使塑像正面同时面朝所有方向，能解决塑像朝向问题。**东南大学图书馆唐春燕**：应还新街口一个整洁、清朗、开阔的面貌，如去掉那些蛛网般的电线电缆，否则，广场设计再漂亮也让人感受不到。**淮阴市城市规划办陆江淮**：建议采用“应时绿化”方案，不搞永久性绿化，使南京年年都给游客留下对大都市新鲜的感觉。**电子工业部55研究所严军**：广场目前喷水池还是30年代建造的，建议重建一个类似金谷大厦内的那种艺术喷泉，喷出“奔向21世纪”字样，并配以彩灯映射。**省幼儿师范学校裴俊才**：改造广场气魄应大一些，标准更高一些，建议尽量扩大广场范围，趁早将广场改成步行街，在中山先生塑像四周可考虑塑一些有名有姓辛亥革命领袖人物群像，包括海外华侨中的领袖人物，这样更能突出广场的特色。

（“信业杯”新街口广场改造建议征集信件寄：南京市老虎桥18号之一市政公用局广场改造办公室收，邮编：210018。）

NXY
信业杯

我心中的新街口广场
信业杯读者建议奖
新街口广场改造小组办公室
南京信业集团股份有限公司

靖　江

《海内外读者为新街口广场改造献良策》（《扬子晚报》1995年2月26日第四版）

举行各界专家座谈会

重塑办分别以市政府和市领导小组名义，主动邀请各界专家学者，结合社会上提出的看法和问题举行各类座谈会，直接聆听他们的意见作为决策参考。被邀请的专家学者分布于城市研究、城市建设、城市规划、城市雕塑、城市交通、城市照明、园林绿化、喷泉艺术、青铜制像、近代历史等各个领域，分别来自大专院校、科研单位、政府部门、事业单位、企业公司、历史博物馆等单位。

召开民主党派通报会

重塑办以市政府名义召开座谈会，分别登门拜访江苏省和南京市民革、民盟、民建、民进、农工党、致公党、九三学社、工商联、台联、侨联和黄埔军校同学会等各民主党派和人民团体负责人，通报情况，听取意见。为此有的民主党派还开了预备会，收集了基层意见。如民革就代表该党派准备了1400字的书面建议材料，认为“重塑孙中山铜像是弘扬中山文化的一项有助于团结中华儿女促进祖国统一的重要举措，意义深远”，其认真程度让人感动。此外，重塑办还登门向南京市政协主席、副主席等领导专门汇报市委、市政府意图及社会各界的意见和工程进展情况，听取他们的意见，得到了他们的全力支持和不少好的建议。

举办媒体记者招待会

重塑办通过举行记者招待会与20多家媒体建立了良好的互动关系，和记者们交上了朋友，在第一时间向他们提供重要信息，尤其是一些市民关注度较高的省市媒体，如扬子晚报、金陵晚报、服务导报、南京晨报、南京日报、南京电视台、南京新闻广播电台等。重塑办把媒体当作工作的有力助手，阶段性地召开新闻发布会，公布专家、政府的意见及工程进展情况；经常接受媒体采访，回答社会各界关心的问题。重塑办还与研究孙中山思想的学术团体和孙中山先生的亲属取得联系，征求他们的看法和建议，取得他们的认可。

铜像面部朝向的争论

关于重塑的孙中山先生铜像面部朝向问题，主要存在两种意见，一是主张面北，一是主张面南。

主张面北的认为：

其一，1942 年汪精卫把孙中山铜像安放在新街口广场时就是面部朝北，历时 24 年经历三个时期都没有改变，给世人留下深刻印象；

其二，铜像面北且前伸右臂是指挥北伐，统一中国，告诫后人“革命尚未成功，同志仍须努力”，原像的朝向是有政治含意的，此次重塑应该继承，不能舍弃这一内涵。这一说法在当时比较流行。

面部朝北的梅版孙中山先生铜像

主张面南的则认为：

其一，铜像面部朝北，并无特殊内涵，却犯了雕塑的大忌，面部的表情全失光彩，其艺术感染力全靠光线来体现，本应面南；

其二，1942年新街口四侧道路只有向北向东已修好，安放铜像只有两个选项，而朝东是中山陵，不合适，只能朝北安放，是不得已而为之；

其三，从城市规划布局来说，铜像应该面朝城市大门，寓意广迎八方来客，而城市大门一般以机场为标志，南京国际机场在城南的禄口，应当面南。

这两种意见僵持不下，也反映在应征方案中，有的甚至将朝向设计成旋转式。

两个专家评审委员会均认为铜像应该朝南，朝北和旋转式都不可取。

市领导为了充分听取民意，在广场设立公示大样时，特指示将塑像朝南、朝北各放置半年。一年下来，收到的意见也是朝南朝北都有，各执一词，社会的争议之声仍不绝于耳。

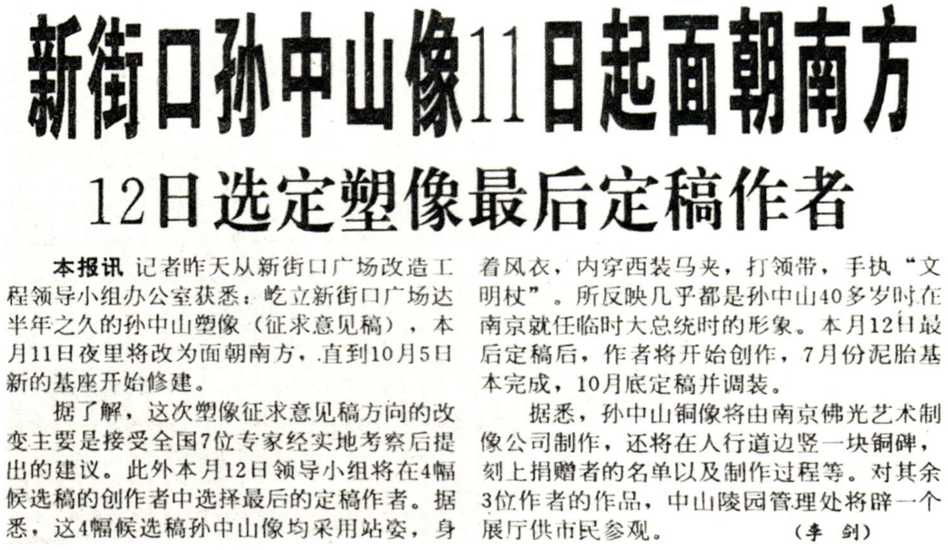

新街口孙中山像11日起面朝南方

12日选定塑像最后定稿作者

本报讯 记者昨天从新街口广场改造工程领导小组办公室获悉：屹立新街口广场达半年之久的孙中山塑像（征求意见稿），本月11日夜里将改为面朝南方，直到10月5日新的基座开始修建。

据了解，这次塑像征求意见稿方向的改变主要是接受全国7位专家经实地考察后提出的建议。此外本月12日领导小组将在4幅候选稿的创作者中选择最后的定稿作者。据悉，这4幅候选稿孙中山像均采用站姿，身着风衣，内穿西装马夹，打领带，手执“文明杖”。所反映几乎都是孙中山40多岁时在南京就任临时大总统时的形象。本月12日最后定稿后，作者将开始创作，7月份泥胎基本完成，10月底定稿并调装。

据悉，孙中山铜像将由南京佛光艺术制像公司制作，还将在人行道边竖一块铜碑，刻上捐赠者的名单以及制作过程等。对其余3位作者的作品，中山陵园管理处将辟一个展厅供市民参观。 （李 剑）

《新街口孙中山像11日起面朝南方　12日选定塑像最后定稿作者》

（《南京日报》1996年3月9日第二版）

面北面南的孙中山先生塑像公示大样

1996 年 10 月 15 日，重塑办就铜像朝向问题专题请示中共南京市委、市政府。

市委副书记、市长王宏民接报告后非常重视，立即做出批示：请秘书长逐个征求每位书记的意见（书面表达），并将意见汇总速报中共江苏省委。

1996 年 10 月 16 日，5 位市委副书记王宏民、胡序建、汪正生、张晔、周振华和秘书长的意见均表示“倾向朝南”。中共南京市委即将此意见上报中共江苏省委。

1996 年 10 月 24 日，中共江苏省委书记陈焕友指示：立即由南京市政府召集专家学者，主要请南京的权威近代历史学家，到市政府专题座谈铜像朝向问题，慎重、客观地直接听取他们的意见。

当日下午 5 时，南京市市长王宏民批示：告罗志军副市长并市政公用局，请你们从速再组织一次专家座谈会（历史专家可多一点），次日下午 2 时在市政府召开，由常务副市长罗志军主持，特别要讲清情况，把工作做细。

此时距离铜像落成典礼只剩17天了，时间万分紧张。幸亏重塑办平常工作做得较细，历史学家名单早有储备，次日一早就一一通知到人，下午2时以研究现代历史和孙中山为主体的9位专家准时来到市政府313会议室，无一缺席或迟到，他们是：

徐梁伯，江苏省社会科学院历史研究所研究员，江苏省社会科学院图书馆馆长，江苏省孙中山研究会秘书长。

张宪文，南京大学历史系教授、原系主任，南京大学历史研究所所长，中华民国史研究中心主任，中国现代史学会副会长。

万仁元，中国第二历史档案馆研究员、原副馆长，江苏省历史学会副会长。

翟国璋，江苏教育学院历史系教授。

杨振亚，南京大学历史系教授。

童傅，江苏省政协副主席，江苏省孙中山研究会会长。

张鸿雁，南京大学城市科学研究中心主任、教授。

阮雍崇，南京艺术学院副教授。

张祥水，南京艺术学院副教授。

会议由副市长罗志军主持，由重塑办主任郑玉玺记录。

专家们踊跃、认真地发表了各自的意见，一致表示：市政府对重塑孙中山像这一意义重大的工程是非常认真、慎重的，反复听取各界意见，依靠专家科学决策，得到了社会绝大多数人的认同和支持。

关于朝向问题，与会专家畅所欲言，科学求证，一致认为这次重塑孙中山像应当朝南安放，并从历史考证、文化传统、地理环境、雕塑艺术等方面论证了朝南的合理性，要点如下：

从历史考证看，原朝北安放无任何文件资料可鉴，既非国民党的决定，也非孙中山本人或其亲属意愿，指挥北伐一说，也是后人牵强附会。孙中山临终前主张和平奋斗达到统一，并非主张武力北伐。从历史唯物主义看，汪精卫将孙中山像移于新街口，虽有其主观不良意图，但客观上还是一件好事，在南京城市中心安放孙中山铜像这事可以继承，但其朝北安放是因当时地理环境限制（南部较荒芜），不得已而为之，此次铜像又为重塑，而非恢复，实无继承之必要。

从中华民族的文化传统看，南为阳，北为阴；南为上，北为下；南为尊，北为卑。孙中山是一代伟人，铜像应当朝南。

从铜像所处地理环境看，新街口已成路网和主城中心，且城市还有向南发展趋势，城市大门也将因新机场、高速路的开建而逐渐转向南方。

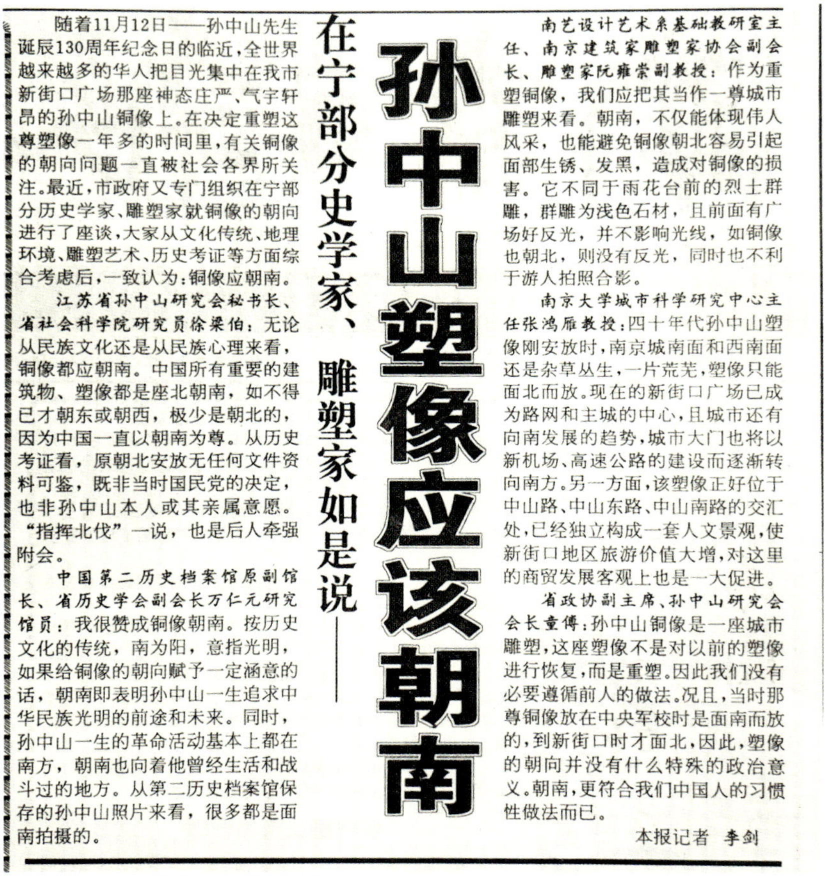

孙中山塑像应该朝南

在宁部分史学家、雕塑家如是说——

随着11月12日——孙中山先生诞辰130周年纪念日的临近，全世界越来越多的华人把目光集中在我市新街口广场那座神态庄严、气宇轩昂的孙中山铜像上。在决定重塑这尊塑像一年多的时间里，有关铜像的朝向问题一直被社会各界所关注。最近，市政府又专门组织在宁部分历史学家、雕塑家就铜像的朝向进行了座谈，大家从文化传统、地理环境、雕塑艺术、历史考证等方面综合考虑后，一致认为：铜像应朝南。

江苏省孙中山研究会秘书长、省社会科学院研究员徐梁伯：无论从民族文化还是从民族心理来看，铜像都应朝南。中国所有重要的建筑物、塑像都是座北朝南，如不得已才朝东或朝西，极少是朝北的，因为中国一直以朝南为尊。从历史考证看，原朝北安放无任何文件资料可鉴，既非当时国民党的决定，也非孙中山本人或其亲属意愿。“指挥北伐”一说，也是后人牵强附会。

中国第二历史档案馆原副馆长、省历史学会副会长万仁元研究馆员：我很赞成铜像朝南。按历史文化的传统，南为阳，意指光明，如果给铜像的朝向赋予一定涵意的话，朝南即表明孙中山一生追求中华民族光明的前途和未来。同时，孙中山一生的革命活动基本上都在南方，朝南也向着他曾经生活和战斗过的地方。从第二历史档案馆保存的孙中山照片来看，很多都是面南拍摄的。

南艺设计艺术系基础教研室主任、南京建筑家雕塑家协会副会长、雕塑家阮雍崇副教授：作为重塑铜像，我们应把其当作一尊城市雕塑来看。朝南，不仅能体现伟人风采，也能避免铜像朝北容易引起面部生锈、发黑，造成对铜像的损害。它不同于雨花台前的烈士群雕，群雕为浅色石材，且前面有广场好反光，并不影响光线，如铜像也朝北，则没有反光，同时也不利于游人拍照合影。

南京大学城市科学研究中心主任张鸿雁教授：四十年代孙中山塑像刚安放时，南京城南面和西南面还是杂草丛生，一片荒芜，塑像只能面北而放。现在的新街口广场已成为路网和主城的中心，且城市还有向南发展的趋势，城市大门也将以新机场、高速公路的建设而逐渐转向南方。另一方面，该塑像正好位于中山路、中山东路、中山南路的交汇处，已经独立构成一套人文景观，使新街口地区旅游价值大增，对这里的商贸发展客观上也是一大促进。

省政协副主席、孙中山研究会会长童傅：孙中山铜像是一座城市雕塑，这座塑像不是对以前的塑像进行恢复，而是重塑。因此我们没有必要遵循前人的做法。况且，当时那尊铜像放在中央军校时是面南而放的，到新街口时才面北，因此，塑像的朝向并没有什么特殊的政治意义。朝南，更符合我们中国人的习惯性做法而已。

本报记者　李剑

《孙中山塑像应该朝南》（《南京日报》1996 年 11 月 8 日第八版）

从雕塑艺术要求看，孙中山铜像既是纪念设施，又是城市雕塑，应当尊重雕塑艺术规律，“没有光线就没有雕塑”。面北逆光，质地青铜易锈变黑，难以体现伟人面部神采，且瞻仰合影也为逆光，很难获得好的艺术效果。

专家们建议通过新闻媒介大力加强传播政府有关朝向问题的论证和决策过程，使铜像朝南这个认识变成社会的主导意见。

会后，座谈内容立即整理成文，于 1996 年 11 月 1 日直报中共江苏省委。

1996 年 11 月 7 日中共江苏省委书记陈焕友批示：尊重专家意见，同意朝南。南京市政府立即将批文下发重塑办执行。

至此，争议长达 2 年之久的孙中山先生铜像朝向问题终于落下帷幕，而此时离孙中山先生铜像落成盛典仅剩 5 天时间。作为工程承办者，真是捏了一把汗！

专家研讨，达成共识

新街口广场改造工程采取“领导 + 专家 + 大众”三结合的方式，达到了在广泛民主基础上，经专家科学论证，由政府主导的正确决策效果，使这一政治思想性极强、社会关注度极高的文化工程得以顺利如期完成。

实施中的五大疑虑和难题，也在讨论与实践的过程中逐个破解。

问题一：广场面积小，不便瞻仰。

专家们认为，首先应当明确新街口广场的定位。中共南京市委、市政府决定在新街口广场中央重塑孙中山像，并将广场更名为“中山广场”是有着积极现实意义和深远历史意义的。广场面积虽小但位置重要，可以按“小广场，大人物”“小中山广场，大中山文化”思路来打造，着重弘扬孙中山先生的思想精神，打造南京市的城市名片，使此工程成为南京市的标志工程。不搞园林式和纪念式广场，格调不要太啰唆，要有“平（平易近人）、易（易于实施）、恬（恬静）、淡（淡泊）”的感觉。城市规划也应以此定位作相应调整，周边建筑应尽量后退红线，以扩大广场范围。统一规划，分期实施：近期采取中心岛封闭管理；中期可拆除一些周围建筑，适度扩大广场；远期可以将这一地区改造成步行街。

问题二：周边高楼林立，形成“井底之蛙”。

专家们认为：一方面可以增加塑像的体量，使之与周边环境相适应，塑像采取1∶1实物现场展示，寻求最佳塑像高度和基座高度；另一方面改造广场的格调，以“简洁明快”的风格，将中心岛平面化，广场上所有架空杆线全部入地，绿化以草坪、灌木为主，周边加强规划控制，清理违章建筑和杂乱广告，四周也将进行清理，设高度过渡带，尽量扩大视觉空间。

问题三：城市交通中心，导致车流拥堵。

专家们认为可以分期解决：近期，采取一些治标的措施，如优化道口设计、转盘改为色灯控制、增加机动车道数、禁止部分左转等措施；中期待地铁建成后，一部分人流引入地下；长远考虑宜将车流外引，辟为步行区。

问题四：商业气息太浓，难与中山文化融合。

专家们认为，为体现革命精神和文化思想，在广场周边应去除各类广告，增加肃穆庄重的气氛。但整个新街口地区经济繁荣、商业发达，这与中山先生的革命精神并不矛盾，这正是他一生的追求，只需在布局上保持一定的梯次、一定距离的过渡段。

问题五：广场四周的天桥，影响视觉观瞻。

专家们认为，根据规划，这种现象是暂时的。重塑孙中山先生铜像是长远的事，将会作为文物永久存留，而天桥是为临时解决人车矛盾的权宜之计，一旦地铁建成，这里将有数条地下通道，将过街行人全部引入地下，天桥即行拆除。

综上所述，决策的流程是：广纳民意→归纳整理→专家研讨→发布社会→汇报政府→做出决策，达到了决策的民主性和科学性，获得了广大公众的认同，经受了历史的检验。这是在意见分散甚至于是多数人存有疑虑看法的情况下，能够逐步统一思想的良好办法。市政协一位负责同志曾经郑重地对承办者说：“原来几乎有三分之二的人反对，我们都捏了一把汗，结果现在变成有三分之二的人赞成，你们是怎么做到的？真了不起！”实际靠的就是这个民主性与科学性相结合的决策。

凝聚共识，形成方案

这个共识也体现在政府的规划要点里。

新街口广场是南京市的城市中心、商业中心，也是交通中心，在这样一个特殊地理位置重塑这样一个特殊人物的塑像，事关重大，影响深远，既要体现民族特色，又要有鲜明的时代感，同时也要吸取原金钥匙雕塑的教训。

孙中山先生是一个伟大的政治人物，如何将孙中山先生塑像和谐地放置在一个高楼林立、广告牌高悬、霓虹灯闪烁、交通繁忙、声音嘈杂、四面还有人行天桥的商业区内，实在是一件非常棘手之事。

孙中山先生塑像海内外已有多处，南京作为后来者理应居上，做得更有特色。塑像作为未来国际化大都市的标志性建筑之一，整个工程的要求和质量不能以简单的市政建设工程的标准来衡量，这就要求方案的制定和实施都要从高起点出发，要精益求精，慎之又慎。

南京地铁工程建设将影响到新街口广场改造工程，如果孙中山先生铜像其时已经完工，还有个临时迁移的问题，在设计和施工中都要考虑这一因素，做到易拆易装。

这场空前规模的大讨论，取得了多方面的收获：一是如何认识重塑新街口广场孙中山先生铜像的伟大现实意义和历史意义，从这个出发点去解决其他问题；二是初期认识上的几个疑虑和难题也在讨论和实施中逐渐破解了；三是如何实施新街口广场的改造，也逐渐明朗起来，通过征集方案，专家委员会评审，形成了具体设计方案；四是如何塑造一尊具有南京特色的孙中山铜像精品，也逐渐清晰起来；五是如何动员大家积极主动捐赠，形成热潮，大讨论无疑也起到了有力的推动作用。

通过这场大讨论，形成了一种大家出钱、出力又出智慧，共同参与创造南京人民自己的伟大工程的良好氛围，这也正是中共南京市委、市政府的原意。

第四章

方案招标

关于征求南京市新街口
孙中山先生塑像及广场改造方案的通告

南京市人民政府决定改造新街口广场，重塑孙中山先生像。现公开征求广场改造和孙中山先生塑像的设计方案，并将对优秀作者予以奖励。请应征者与广场改造领导小组办公室联系，领取征求方案简章和设计参考资料。

要重塑一尊一流的孙中山先生铜像，必须把环境整治好。当时的新街口广场市政设施破旧不堪，绿化照明零乱无序，架空杆线犹如蛛网，广告和违章建筑比比皆是。明确主题后，按照孙中山先生铜像的重塑要求，要对广场的环境进行彻底改造，为此南京市人民政府决定公开向全国征集方案。

招标

1994 年 12 月 26 日，中共南京市委、市政府召开新闻发布会，通过人民日报、新华日报、中央电视台、新华社等主要媒体，向全国公开征集南京新街口广场工程改造方案，同时通过江苏省、南京市数十家新闻媒体发布这一重要举措。此举立刻在国内外引起了强烈反响。

关于征求南京市新街口
孙中山先生塑像及广场改造方案的通告

南京市人民政府决定改造新街口广场，重塑孙中山先生像。现公开征求广场改造和孙中山先生塑像的设计方案，并将对优秀作者予以奖励。请应征者与广场改造领导小组办公室联系，领取征求方案简章和设计参考资料。

特此通告

联系电话：（025）3609397
办公室地址：南京市老虎桥18—1号
市政公用局基建处内
邮　　编：210018
联 系 人：李留成　袁　肃

南京市新街口广场改造领导小组
一九九四年十二月二十六日

《关于征求南京市新街口孙中山先生塑像及广场改造方案的通告》
（《人民日报》1995 年 1 月 11 日第五版）

重竖孙中山先生塑像 建设标志性景点

南京市将大规模改造新街口广场

向海内外征求设计方案

本报讯 南京市将大规模改造新街口广场，重竖孙中山先生塑像，并公开向海内外征求广场改造及中山先生塑像设计方案，把新街口广场建成南京的主要标志性景点之一。

竖有中山先生像的新街口广场始建于1929年，在海内外颇有名气。广场目前占地1公顷，呈方形，长宽约100米，中心岛直径为50米。这次大规模改造征求设计范围包括：孙中山先生塑像（含基座、基台）、中心50米环岛平面布置、广场喷泉、广场整体照明、广场绿化方案及人行道及护栏改造。南京市这次征集方案同时规定了设计要点：首先广场改造仍维持原来外方内圆的格局，塑像仍坐落在中心岛圆心处。塑像总体要求线条简洁明快，气氛庄重祥和，便于市民瞻仰。要考虑将来地铁建设时施工临时迁移。要求广场四周仍为绿地，广场照明光照度在50至75勒克斯之间。

为确保入选方案的公正性，此次征集过程采用稿件密封，公证处公证，当众拆封评判，设计者可将通讯地址密封在一个小信封内，与图纸一并寄南京老虎桥18—1号市政公用局基建处。目前，该市已成立“新街口广场改造领导小组”及评审委员会，对优秀作者给予1万元不等奖励。一俟方案确定，将移走广场现存的“金钥匙”，开始改造工程。

（施正言 裹靖江）

《南京市将大规模改造新街口广场　向海内外征求设计方案》

（《扬子晚报》1994 年 12 月 27 日）

重塑孙中山先生铜像方案的招标通告内容包括：

（1）重塑孙中山先生塑像（含基座）；

（2）改造中心岛；

（3）改造广场绿化、照明、人行道、护栏，架空杆线入地，美化广场周边等。

投标

从招标公布到 1995 年 3 月 10 日截稿，重塑办共收到应征方案 37 个，经公证有效方案 35 个，按收到时间编号为：

1. 宋显东，湖北省宜昌市

2. 雷宁平，南京市

3. 林宁生，南京市，南京悦华大酒店工程部主管

4. 吴伟，南京市，中技生
5. 王玮，南京市，助理工程师
6. 沈阳鲁迅美术学院，沈阳市
7. 张卫民，南京市，工程师（方案 7-1、7-2）
8. 南京艺术学院工艺系，南京市
9. 孙家彬，沈阳市，沈阳鲁迅美术学院雕塑系主任、教授
10. 丁绍刚，南京市，南京农业大学园林设计专业研究生
11. 冯阳（建筑师）、苏立群（南京艺术学院副教授），南京市
12. 杨金强，南京市，南京空军司令部管理处参谋
13. 冯立，南京市，中学生
14. 吴荣，南京市，学生
15. 宫强，山东省济南市，工程师
16. 陆有志，南京市
17. 南京艺华艺术工程公司，南京市
18. 周安庆，南京市，保管员
19. 大德电子数控公司，内蒙古自治区呼和浩特市
20. 南京石 & 春事务所，南京市
21. 张学彪，南京市，学生
22. 孙永吉，湖北省郴州市，郴州师专教师
23. 樊元三，南京市，高级工程师
24. 欧阳平，南京市
25. 石寿林，南京市，高级工程师
26. 杜建雄，南京市
27. 林元龙，南京市，工程师
28. 程晓平、潘元，南京市，南京艺术学院教师
29. 南京恒子音乐喷泉工程有限公司，南京市
30. 夏京生，南京市，高级工程师

31. 揭丽华、封明诚，南京市，公务员

32. 张维彬，南京市，高级雕塑师

33. 盛进，南京市，公务员

34. 周传顺，南京市，助理工程师

（详情见第 50 页评审汇总表）

投标方案来源按地域分布有南京本地 29 个、外地 8 个（其中沈阳 2 个，宜昌、济南、呼和浩特、郴州、繁昌、长春各 1 个）；按作者身份分布有高级工程师、高级美术师、高级雕塑师、工程师、工艺师、大学教授、参谋、公务员、学生、保管员等。

方案特点：

方案一般都体现了当代国内外的先进理念，兼顾到广场偏小、高楼林立，地处

南京新街口广场改造牵动人心

设计方案来自四面八方

南京市向海内外公开征求“新街口广场改造设计方案”消息见报后，在全国引起很大反响。目前该市已收到北京、山东、天津、江西、广西等10多个省市近百封应征信及设计方案，提出了许多很有价值的广场改造意见。这些关注南京城市建设的人士中有教授、高级雕塑师、高级工程师、离退休干部和普通市民。一位雕塑家来信认为，孙中山先生像应取站像，身穿中山装，双手握“世界大同”蓝图，广场以6个链条相连的“座子”环绕，上刻“民族、民权、民生”及中国版图。另一位教授提出，孙中山先生穿西服时间较多，雕像应着“西装大衣”之像。清华大学一位学者则建议塑像设计成旋转式，一日旋360度或720度，象征中山先生环顾六朝古都巨变。一位华侨建议，雕像基座上刻“天下为公”四字，通往“中心岛”的4条人行道可用雨花石铺设。

对于广场的环境布局，专家们也提出了建议。

除了广场改造意见外，该市已收到第一份正规设计方案，寄信的大信封同挂历一般大，但由于设计方案将在公开场合由专家统一拆封，故现还不知该方案的具体内容。

本报通讯员 施正言

本报记者 窦靖江

《南京新街口广场改造牵动人心》

（《扬子晚报》1995 年 1 月 19 日第二版）

交通中心、商业中心等问题，对广场的格调、塑像的体量、文化的氛围等做了综合考虑。为解决交通问题有的设计为架空式、两层式（一层交通，二层纪念广场），为解决朝向问题有的设计为旋转式（匀速旋转式、定时变更朝向）等。

评标

1995 年 3 月 21 日至 22 日，“广场改造评委会”开会，应到 18 人，实到 16 人，缺席 2 人。两天时间内，各专家被封闭在宾馆对应征方案进行评审。

评选采取多轮无记名投票淘汰制。第一轮从 35 个方案中决出 21 个方案，第二轮从 21 个方案中决出 11 个方案，第三轮从 11 个方案中决出 3 个方案。最后第四轮从 3 个方案中以举手表决方式决出二、三等奖得主。由于没有特别满意的设计，专家们举手表决决定不设一等奖。

南京市新街口广场改造工程方案评审会

南京市新街口广场改造方案评审汇总表

方案编号	第一轮		第二轮		第三轮		第四轮		作者	职业	地址
	票数	名次	票数	名次	票数	名次	票数	名次			
1	2	×							宋显东		湖北省宜昌市
2	2	×							雷宁平		南京市
3	1	×							林宁生	主管	南京市
4	5	14	0	×					吴伟	中技生	南京市
5	1	×							王玮	助理工程师	南京市
•6	15	1	14	1	10	2	7	2	沈阳鲁迅美术学院		沈阳市
7-1	5	14	2	×					张卫民	工程师	南京市
7-2	8	9	5	9	1	×			张卫民	工程师	南京市
8	10	8	7	7	4	×			南京艺术学院工艺系		南京市
••9	13	2	14	1	12	1	13	1	孙家彬	教授	沈阳鲁迅美术学院
10	8	9	4	10	1	×			丁绍刚	研究生	南京农业大学
•11	13	2	12	3	10	2	6	3	冯阳 苏立群	建筑师 副教授	南京市
12	0	×							杨金强	参谋	南空司令部管理处
13	4	20	0	×					冯立	中学生	南京市
14	2	×							吴荣	学生	南京市
15	1	×							宫强	工程师	山东省济南市
16	5	14	1	×					陆有志		南京市
17	5	14	2	×					南京艺华艺术工程公司		南京市
18	3	×							周安庆	保管员	南京市
19	5	14	3	×					大德电子数控公司		内蒙古呼和浩特市
20	2	×							石&春事务所		南京市
21	0	×							张学彪	学生	南京市
22	4	20	0	×					孙永吉	教师	湖南省郴州师专
23	2	×							樊元三	高级工程师	南京市
24	5	14	0	×					欧阳平		南京市
25	0	×							石寿林	高级工程师	南京市
26	1	×							杜建雄		南京市
27	7	12	2	×					林元龙	工程师	南京市
28	12	4	10	5	1	×			程晓平 潘元	教师	南京艺术学院
29	12	4	8	6	1	×			南京恒子音乐喷泉公司		南京市
30	8	9	2	×					夏京生	高工	南京市
31	11	7	6	8	2	×			揭丽华 封明诚	机关干部	南京市
32	6	13	4	10	2	×			张维彬	高级雕塑师	南京市
33	12	4	11	4	4	×			盛进	机关干部	南京市
34	3	×							周传顺	助理工程师	南京市
35	无效方案								鲍道军	安徽省繁昌县	
36	无效方案								伍宝林	长春地质学院	
每轮参评方案小计	35		21		11		3				

注：（１）评审委员共１８人，到会１６人，采取多轮无记名投票淘汰制评选。
第一轮每位委员最多投选２０个方案，选中２１个方案，淘汰１４个方案，
第二轮每位委员最多投选１０个方案，选中１１个方案，淘汰１０个方案，
第三轮每位委员最多投选　３个方案，选中　３个方案，淘汰　８个方案，
第四轮决出名次（经举手表决决定不设一等奖）。
（２）３５号、３６号方案不符合评审要求，为无效方案。在市公证处的监督下，决定不参加评审。
（３）“•”为三等奖获得者，“••”为二等奖获得者。不设一等奖.
（４）“×”为淘汰方案.

南京市新街口广场改造方案评审汇总表

9号方案

沈阳鲁迅美术学院雕塑系主任孙家彬教授设计的9号方案获得二等奖，沈阳鲁迅美术学院雕塑系设计的6号方案和南京市冯阳、苏立群共同设计的11号方案并列三等奖。

9号方案的优点是：主题明确，简洁明快，凝重大方，体量适宜，便于实施，体现了塑像与周围环境协调统一的设计思想。

6号方案与之设计思路相近，但另设一个地下展厅，从设计看稍嫌啰唆，施工也不方便。

11号方案的突出优点是二层空间结构有一定的创意和突破，又借鉴了古代建筑，将基座建成空心墙式，将孙中山像置于与天桥平行的上部，人们可上去瞻仰；缺点是塑像不够突出，且过于繁杂，使得本来就狭小的空间显得更加拥挤，地铁建设时拆迁工作量也较大。

齐康院士宣布评选结果后说：南京这种公开征求设计方案，广泛讨论、征求意见，民主决策的方式是难能可贵的。

中标

1995 年 4 月 21 日，中共南京市委、市政府联席会议讨论决定采用二等奖的方案，肯定了简洁明快的总格调。

中标者简介：孙家彬，男，沈阳鲁迅美术学院雕塑系主任、教授、硕士研究生导师。

中标者孙家彬教授

举办展示会

1995 年 6 月 26 日，在虹桥举办了投标方案大型展示会。中共南京市委、市政府有关领导主持开幕，将新街口广场改造工程征集到的 35 个方案制成展板、模型与广大市民见面，并将获二等奖的 9 号方案制成沙盘。在 6 天的展示中，参观者十分踊跃，参观人数超过千人，不少人在留言簿上写下了宝贵意见，有的还附上草图。大家对这种反复与公众交流、听取各种意见、事事公开、充分民主的做法表示称赞。

投标方案展示会

9号方案沙盘

第五章

广场施工

1995 年 4 月 14 日，根据中标的二等奖（一等奖空缺）9 号方案“简洁明快”的基本格调，吸纳社会各界意见，由评审委员会专家集体讨论，形成了新街口广场改造工程方案。经定向邀标，从具有甲级资质的东南大学建筑设计研究院、江苏省建筑设计研究院、南京市建筑设计研究院、南京市市政设计研究院等 4 家设计单位中，优选东南大学建筑设计研究院承担施工方案设计。

1995 年 6 月 10 日，南京市新街口广场改造工程领导小组开会，通过了东南大学建筑设计研究院孙钟阳教授的设计方案，并提请市委、市政府专题会议审议获得通过。

中标设计方案采取“外方内圆，简洁明快”的风格，中心岛平坦开阔，整个广场所有布置服从于铜像，坚决不搞喧宾夺主的东西，突出打造中山文化，打造城市名片，提升美化、绿化、亮化水平。在交通的处理上将转盘改为色灯控制，增加进出广场车道，废除容易造成交通拥堵的无轨电车。由于地铁南北 1 号线即将动工，铜像将临时外迁，广场中心岛土建部分也将拆除。考虑到拆除方便，砌筑砂浆一律降低标号，并留备份材料以作恢复之用。

按照公开、公平、公正原则，按邀请招标法规对施工单位进行严格选拔。除资质、实绩等条件必须过硬外，还要看是否有捐赠意向。通过公开竞争，现场考察，与中心岛工建工程、绿化工程、照明工程、喷泉工程及工程监理中标者逐一签订了合同。

经过紧张有序的全面准备，新街口广场改造工程于 1995 年 7 月 28 日在广大市民的热切期盼中开工建设。为尽量减少施工对交通和环境的影响，按照不管制交通、文明施工的要求，中心岛采取全封闭围挡，渣土、材料、设备只允许夜间进出。在只有 50 米直径的场地里，7 家施工单位，几十个工种，数百位施工人员，自觉按照设计统一组织施工，紧凑安排，有序进行，仅用 55 天时间，于 9 月 22 日顺利完工。

金钥匙迁出

为了让孙中山塑像进来，广场中心的“三把金钥匙”雕塑就要移走。这“三把金钥匙”由于属抽象派作品，对其内涵解读易产生偏移遐想。中共南京市委、市政

新街口广场改造全面动工

孙中山玻璃钢塑像将在城运会前矗立

本报讯 令人瞩目的南京新街口广场改造工程昨天全面动工。第三届城运会前，广场改造工程将基本告竣，孙中山先生铜像将暂以1：1的玻璃钢塑像代替，矗立在新街口广场中央。

新街口广场改造方案由东南大学建筑设计研究院设计。广场中心岛直径照原状，为50米，以孙中山先生塑像为中心，周围以花坛和草坪环绕。中心岛外围做花岗石地面平台，比车道高0.35米。中心岛和车道之间为一圈长青灌木。孙中山先生像高5.5米，像座采用深红色磨光花岗石饰面，高3.8米。平台内及车道都设地灯照明，在平台的硬地上设有射灯，用于照亮岛中心部及喷泉水柱，广场四角高楼顶设有照射塑像的强光灯。

新街口广场改造引起了各方关注和支持。安徽省阜阳建筑工程总公司南京公司以一级建筑企业资质和20余万元的捐款竞争中标，承建广场改造的土建、装饰工程。南京佛光艺术制像厂无偿承担了孙中山先生像的玻璃钢模型及最后铜像的制作安装任务。南京恒子音乐喷泉工程有限公司捐建广场喷泉、喷灌、水下照明及其控制系统。另悉，广场照明设施、噪声显示屏、磁卡电话亭等设施也将由南京有关单位捐建。

目前，新街口广场改造已完成通讯管线部分入地工作，公交杆线也将于近期全部拆除，广场绿化将由市园林局统一设计种植。（金勇军 戴六华）

《新街口广场改造工程全面动工》（《南京日报》1995 年 7 月 29 日第一版）

府决定重塑孙中山铜像后，就准备让它换个地方。经慎重考虑，多方协调，最后决定迁移至南京交通技工学校存放。

无轨电车改汽车

南京的无轨电车在长期营运中虽然无污染、耗能低，但有一个严重弊端，即当前车在站点上下乘客，或行车出现故障时，后面的电车则无法超车，形成拥堵，严重影响交通，早有更新为汽车的计划。这次借对新街口广场改造清理所有架空杆线的契机，决定拆除它，改由汽车代替，由公交总公司负责实施。经费由“客运证”拍卖费中解决。

无轨电车

杆线工程

各种供电和通信架空杆线不但影响市容市貌，而且还容易导致事故。将其入地是城市改造的必然选项，也是建设现代化城市的标配。这次南京也借新街口广场改造的契机，将广场四周所有的架空杆线全部入地，为在全市逐步推开带个好头。

经调查架空杆线有供电、电信、路灯、电车几大类，其中电信杆线最为复杂，分属于电信、邮政、大军区、省市军区、空军等单位。电信局牵头将这些电缆线综合到一个沟槽里，埋设多孔管囊，分租给各通信部门使用。管囊的位置和埋深由规划局统一安排，使之与地下原有的供水、供气、排水等管线有序排列。还要将强电（电力）和弱电（电信）分开，强电与供气分开。改造的范围包括广场并延伸至各路段 100 米。经费由各杆线单位自行解决。

违建、广告拆除

违章建筑的清理也是城市管理中的一项难题。新街口广场的拆违工作有社会大讨论的基础，有市民的得力监督，几乎没有遇到多少阻力。

至于广场内的各种广告，各广告单位也都听从政府安排，除天桥外侧广告保留到合同期满拆除外，其他一律拆除或移往其他路段。

中心岛土建工程

中心岛直径按原状为 50 米，将转盘控制改为色灯控制。以孙中山塑像为中心，周围以花坛和草坪环绕，草坪略成锥形，使人在远处也能看到。外围做花岗石地面平台，比车道高 0.35 米。中心岛和车道之间为一圈长青灌木，高在 0.6 米以内。塑像顶距车行道路面高约 11 米，像高约 5.5 米，基台距车行道高 1.2 米。塑像基座用深红色磨光花岗石饰面，其他部分为毛面花岗石贴面。

施工由 8 家一级资质施工单位参与竞标，最终由安徽阜阳建筑工程（集团）总公司南京分公司中标。

中心岛土建工程

绿化工程

在塑像周围设直径 4 米的中心圈，环栽 300 株 1.1 米高的蜀桧，蜀桧外再围栽 250 株 0.6 米高的瓜子黄杨。这两种常绿植物中蜀桧呈浓绿色，瓜子黄杨呈浅绿色，霜后略显金黄，形成高低、色差层次。中心圈向外是宽 6 米的环形草坪，草坪略呈锥状隆起，使人在远处也能看到。草坪中植细密翠绿的苹果草，外缘植雀舌黄杨镶边。草坪外是宽 10 米的花岗岩硬地，设一圈射灯、干式喷泉。最外缘是 5 米宽圆条形花坛。花坛植 1 米高、60 厘米宽的蜀桧作为绿篱。绿篱外为环状 4 大块 4 米宽的草坪，重新置换园林土后，满栽百慕大草。广场四角绿化以雪松、梅花及 3 月 12 日、11 月 12 日前后开花的乔木为主。

绿化工程由南京市园林局总工程师统一设计，由负责该地区绿化管理的建邺区园林绿化管理所全额捐赠费用并负责实施。

照明工程

整个新街口广场的照明设计风格简洁、庄重，呈暖色调，加上塑像基座下的鲜花绿叶衬托，画面极美。

照明是由高、中、低，内、外圈，多层光源构成的立体系统。照度要求中心铜像上半身达到 200 勒克斯，且四个角度一样，其他位置均不低于 30 勒克斯。要求广场任何位置光照皆无阴影，尤其是孙中山先生塑像的正、侧、背部受光均匀，无阴影，广场上的行人、车辆也无阴影。

主光源是广场四角的 4 杆 25 米高杆灯，每个高杆灯架上安装 16 只投光灯。上部 8 只投光灯聚焦在孙中山先生上半身，相距 48 米。中部 5 只投光灯照明广场和车行道。下部 3 只投光灯照明天桥和人行道，投光灯光束均呈锥形。

中心岛的外圈设 220 只射灯灯槽，均用钢化玻璃封闭防水。内圈设 40 只水下射灯，以照射喷泉水柱。

规划待广场四角高楼建成后，在楼顶设照射孙中山先生铜像的强光灯。

广场照明工程由南京市路灯管理处会同东南大学建筑设计研究院设计，由市路灯管理处负责实施。工程费用由市路灯管理处负责筹集：其中中心岛内的费用无偿捐赠，广场周边四组高杆灯以出让广告媒体方式解决。

喷泉工程

城市喷泉不仅能给人以美的享受，还可增加空气湿度，降低气温，清洁空气，增加负氧离子这一“空气维生素”。新街口广场拟建的喷泉，不仅是当时南京唯一的大型广场喷泉，也是唯一的干式喷泉。干式喷泉是国际上最流行的一种喷泉，当时国内还不多见，其最大特点是：从外观上看不到水池、水管，开放时是喷泉，关闭时是一片平地。

喷泉使用的是循环水，4 个储水池分布于中心岛的 4 个进出口下，安装了 4 组共 8 台流量各为 120 吨 / 小时的潜水泵，为喷泉提供动力。

喷泉的喷头分两个部分：一部分是环状外圈设置的 240 个可调式直流喷头，为直径 40 米内扣式立体水环，水柱向中心喷出，孔径 10 厘米，扬程 10 米，高 2.5 米，所有配水管的材质均为不锈钢和铜质，控制开关设在广场边的开关柜内；另一部分设于中心岛外圈的绿化带里，共两圈 32 个自动升降式喷头，开放时，喷头靠水压自动上升 10 厘米，顶开护盖喷射，形成一个椭圆形水雾球，在太阳光下还可产生彩虹效应，关闭时，喷头自动落下，护盖也随之关闭。

喷泉工程的设计和施工由 4 家公司参与竞争，最终由南京恒子音乐喷泉工程有限公司中标。

人行道工程

广场四周有 1500 平方米的人行道，原来是水泥道板，改为花岗岩地砖，共 11 万块，呈扇状分布，颜色为乳白色和褐色，交替铺设成图案。

人行道工程由南京市市政工程管理处设计。施工由负责该地区维护管理的市政工程二所夺标。

护栏工程

原有的人行道护栏是铁管外加油漆，现一律更新为不锈钢材质，并隐藏设置在绿篱中，既不影响美观，又能防止行人随意穿过绿篱进入中心岛内。护栏比绿篱略低，为 80 厘米，设置范围除广场外，还向周边干道各延伸 100 米。在中心岛的 4 个进出口则采用升降式不锈钢柱，平时升至地面，柱间有链条相连，起阻挡作用，不用时将主柱隐身降至地下。

护栏工程由南京鸿达不锈钢制品有限公司中标并组织实施。

给排水工程

广场的排水和供水工程分别由南京市排水管理处和南京市自来水总公司无偿捐赠工程费用并组织实施。

工程监理

工程监理由南京工苑建设监理公司以全额捐赠10万元监理费中标并组织实施。

安装孙中山玻璃钢塑像

雕塑界业内有句行话：城市雕塑的成败全在于体量。也就是说塑像体量大小是雕塑设计最重要的指标。因此，“雕评委”的专家们一致建议先将 5 米高的 1:1 模板竖在现场，与环境对比，看是否合适。中共南京市委、市政府据此考虑到南京还将历经元旦、春节、国庆、全国第三届城市运动会等节庆、赛事活动，作为市中心的新街口广场也不能空着，要求重塑办立即按 1 ： 1 大小做玻璃钢实体的孙中山塑像安放于现场，既美化了南京，又能让专家及公众审视，以便选准塑像体量。

由于时间紧迫，经与参加投标竞选的南京市雕塑工作室副主任、二级美术师、中国美术家协会会员戴广文先生协商，请他担当此任。他非常高兴地接受了孙中山临时塑像的雕塑任务，并表示这是自己的荣幸，不要任何报酬。他说："一定要为南京竖起一尊中国人自己雕塑的孙中山塑像。"

随后重塑办寻找制作玻璃钢塑像的单位。由于南京大型铸造铜像的厂家不多，重塑办决定采用定向邀标方式。1995 年 5 月，先与南京晨光机器厂商议无偿承制铜像，未能达成协议。遂与原已中标无偿承担制作孙中山先生铜像任务的南京佛光艺术制像厂商议。该厂厂长吴仙学全力支持，愿意承担所有费用。

接着决定体量，两个专家评审委员会的意见十分一致，暂按 5 米雕塑，至于姿态、衣着等由雕塑者自行创作。

自 1995 年 8 月 1 日开始，戴广文先生投入雕塑工作。他冒着高温酷暑，吃住在厂，夜以继日，每天工作都在 10 个小时以上。他认真构思，将塑像设计为"奔走革命，即将出行"的姿态，内着中山装，外穿大袄，手持文明杖，目视远方，仅用了一个多月就完成塑像泥稿。南京佛光艺术制像厂也全力支持，做好后勤，紧密配合，提供良好的工作条件。9 月下旬，一尊高 5.28 米、重 1.5 吨的孙中山玻璃钢塑像如期完成。

1995 年 9 月 28 日晚，塑像运抵已经改造好的新街口广场。整个广场面貌焕然一新，这时的广场看起来也比以前要开阔宽敞得多。在外围和四周天桥上，已有不少市民在静静等待观看这一具有历史意义的时刻。当塑像被安放到广场中心基座上的瞬间，广场上响起一阵热烈的掌声和欢呼声，久违的孙中山像又回来了！许多市民在那里一站就是几个小时，久久不愿离去。

1995 年夜间的新街口广场

1995 年白天的新街口广场

第六章

寻找雕塑家

孙中山像泥塑稿完成

10月1日起新街口广场将实行封闭施工

本报讯 昨天，包括主任委员徐天敏在内的新街口孙中山像雕塑评审委员会一行4人，专程来到位于江宁的南京佛光艺术制像厂，对我市雕塑家戴广文制作的5.75米高的泥坯进行了首轮评审。

据了解，从5月1日开始，戴广文便吃住在佛光制像厂，为了让雕像逼真，新街口广场改造办公室还专门请裁缝订做了一件孙中山就任时穿的大衣，并请与孙中山身材相似的人穿上供戴广文雕塑。到昨天为止，泥坯放大稿正式完成。专家们经过评审，一致认为这件作品要优于现在新街口的那尊塑像。同时，专家们也提出对衣服衣纹及面部作稍微改动

要重塑一尊一流的孙中山塑像，必须要寻找一流的雕塑家。但这次雕塑家为什么只在国内招聘？

雕塑家戴广文先生把他埋藏在心里多年的想法向重塑办诉说。他看到当时南京仅有的三尊孙中山塑像的雕塑家都不是中国人：一尊立像，原在新街口，由日本雕刻家牧田祥哉雕刻；一尊坐像，在中山陵祭堂，由法国雕刻家保罗·朗特斯基雕刻；还有一尊卧像，在中山陵墓室，由捷克雕刻家高祺雕刻。因为之前中国的雕塑力量很薄弱，但现在（90年代）我国雕塑界人才济济，已经进入世界先进行列。一些雕塑家已经走出国门，受邀为外国国家领导人雕像。我们中国的领袖完全可以由我们中国人来雕，这也是我国雕塑家们的普遍心声。重塑办经请示中共南京市委、市政府，采纳了他的意见，决定在国内选拔。

成立“重塑孙中山铜像雕塑评审委员会”（简称“雕评委”）

为使评标的专家组具有权威性、公正性和代表性，1995年5月2日成立了“重塑孙中山铜像雕塑评审委员会”，由程允贤、章永浩、徐天敏、叶宗镐、曹凤池、阮雍崇、张祥水等7人组成。考虑到工作的方便，就请江苏省的两位专家担任正副主任委员。

主任委员徐天敏，江苏省美术家协会主席，江苏省美术馆名誉馆长，江苏省城市雕塑规划组办公室主任，一级美术师。

副主任委员叶宗镐，江苏油画雕塑院院长，江苏省城市雕塑规划组办公室副主任，一级美术师。

委员有：

程允贤，全国城市雕塑建设指导委员会秘书长，全国城市雕塑建设指导委员会、艺术委员会委员，中国人民解放军军事博物馆雕塑创作研究室主任、研究员，韶山毛泽东塑像作者。

章永浩，全国城市雕塑建设指导委员会委员，上海城市雕塑艺术委员会主任，上海城市雕塑规划委员会副主任，一级美术师，上海外滩陈毅塑像作者。

曹凤池，江苏省美术馆专业画家，南京市雕塑家建筑家协会理事，一级美术师。

阮雍崇，南京艺术学院副教授。

张祥水，南京艺术学院副教授。

这是一个权威、民主、团结的专家团队，都是来自国内的一流专家。他们先后3次来南京参加义务评审，不但专业公正地评出中标雕塑家，还提出了重塑的方案，作为雕塑家创作的基础。他们那种尊重专业的敬业精神，不计报酬的奉献精神，公正不阿、坚持原则的高尚品质，追求完美的负责精神，多次深入现场、不计辛劳的工作精神，虚心听取各界意见、广纳贤言的宽阔胸襟，赢得了各方参与者尤其是应征者、党政领导和公众的充分认可。

评委们多次表示：能够有机会参加伟人孙中山先生铜像的评审、设计工作，倍感荣幸。特别值得一提的是全国城市雕塑建设指导委员会的秘书长程允贤先生，他身兼中国军事博物馆雕塑研究室主任、中国雕塑学会秘书长等数职，但仍在百忙中

程允贤

三次前往南京参加评审。他是中国当代雕塑界最受尊敬的领军人物，作品有韶山《毛泽东》、朝鲜《金日成》，以及《马克思》《周恩来》《邓小平》《朱德》等百余尊伟人雕塑，遍布国内外40多个城市。作为全国顶尖的雕塑家，他却非常朴实、谦虚。他曾亲口对笔者说："我要不是担任评委，就一定会参与这次重塑孙中山像的应征了。"

他在看到中共南京市委、市政府决定在新街口广场现场展示实体模型时，感慨地说："全国还没有一个城市像你们南京这样民主、慎重，将塑像大样做成玻璃钢像，在现场展示长达一年，以征求广大公众意见的做法。"

在向中央报批的过程中，由于时间已临近落成期限，为加快审核流程，他主动协调各方关系，大大缩短了审稿时间，使泥塑大样得以尽早进入翻砂制模浇制程序。当时留给铸造厂翻模铸造仅剩不到两个月时间，若不是采取变通措施，那是肯定来不及的，这个项目就要出大事了。笔者在北京心急如焚，由于一直与他对接，深感这位在北京高层工作的秘书长是多么地体贴基层困难，不由心生敬佩。2005 年 11 月 24 日，程允贤先生不幸因病逝世，享年 77 岁。笔者特借此书，向这位德艺双馨的雕塑家致以崇高的敬意！

招聘雕塑家

1995 年 2 月 10 日，南京市政府向全国公开招聘重塑孙中山先生铜像的雕塑家。

招聘按照公开、公平、公正的原则，依法采取招标的方式。最初采取公开招标的方式。铜像设计招标文件发出后，至 1995 年 5 月 9 日截稿时止，共收到 12 位应征者的 15 尊小样作品。次日，"雕评委"在南京中山大厦举行首次会议，在公证处监督下进行评选（开标前均隐去创作者姓名，以无记名投票方式评选作品）。专家们审视了所有的样稿，一致认为参评的雕塑稿件在整体水平上存在一定差距。经开标后发现因宣传力度不够，许多全国一流的雕塑家都不知情，没有参与进来。为保证孙中山塑像的质量，"雕评委"建议改用定向邀标的方式，把全国一流的雕塑家邀请进来，并向重塑办推荐了一批名单。

南京市新街口广场改造工程雕塑评审会

邀请函发出后，立即得到受邀者的积极响应。他们是：南京市雕塑工作室雕塑家戴广文、沈阳鲁迅美术学院雕塑系主任孙家彬、沈阳鲁迅美术学院雕塑系教授陈绳正、浙江美术学院雕塑系主任潘锡柔、四川美术学院雕塑系主任郭其祥共5位。他们非常珍视这次为孙中山先生重塑铜像的竞争机会。

“雕评委”要求，每位应邀者须于1995年8月19日前（即给他们留了三个多月的创作时间）提供孙中山0.7米高的站姿塑像小样作品一尊，邮寄至南京参加评选。

1995年8月24日，“雕评委”按时进行第二轮评审，共收到戴广文、陈绳正、孙家彬、郭其祥、潘锡柔等5位雕塑家0.7米高的孙中山雕塑小样。委员们认真审视了雕塑小样，认为都很不错，全部可以进入下一轮1.2米样稿的竞选。

为了提高雕塑家的作品质量，“雕评委”还提出一项倡议，即组织这5位雕塑家专程来南京进行一次考察、学习。一是前往新街口广场实地考察塑像环境；二是听取历史学家对孙中山先生光辉历程和丰功伟绩的介绍；三是进行一次座谈交流，加深对创作对象的情感和认识。

1996年3月11日进行第三轮评审时，收到参评者1.2米样稿4尊（潘锡柔因故自动退出），分别标记为1号、2号、3号、4号。

“雕评委”齐聚南京榴园宾馆举行孙中山先生塑像的第三轮评审。评委们仔细审视作品后认为：4件作品都具有一定水准，但从气质、神采、风度、容颜等方面的艺术表现来看，1号和2号作品较好，但都需要进一步修改，并注意吸取其他稿件的长处。

最后，“雕评委”以举手表决方式决出2尊塑像，开封后得知：1号作品的作者为郭其祥，2号作品的作者为戴广文。评委们决定将这2尊塑像同时上报中共南京市委、市政府审察，然后确定其中一尊的作者为胜出者。

中共南京市委、市政府要求各常委对这2尊塑像一一亲临慎重审视，并以书面形式表态。然后又将2尊塑像报请江苏省政协主席、江苏省孙中山研究会孙颔及江苏省人大常委会副主任、中共南京市委原书记张耀华审察，最后均认为2号戴广文先生作品体态优美，刻画细腻，有一定思想深度，更优一些。

1996年3月28日，南京市政府下文确定戴广文中选胜出，但其作品须作若干修改，按“雕评委”要求，在吸纳其他作品好的成分基础上，放大按2米高制作小样后再审。

雕塑家戴广文

戴广文，1932年生，南京雕塑工作室的雕塑家，工作地点就在中山陵内。作为雕塑家的他早就想有机会能亲手为孙中山先生塑像。此前他潜心研究3年，共雕塑大大小小各种姿态孙中山塑像8尊，有站的、坐的、全身的、半身的、特写的。这次机会终于来了，他积极参加应征，选了3尊较好的小样，志在必得。经过三轮与全国一流高手的对决，又经省市领导的审察，他终于胜出，实现了梦寐以求的理想。他感慨地对笔者说：“我这个搞雕塑的能够有机会为孙中山先生雕塑一尊塑像，这一辈子都值了！”为此，他表示不要任何报酬，全力以赴完成这一神圣任务。

雕塑家戴广文

中标者戴广文雕塑的部分孙中山塑像小样

他艺术职称虽然是二级美术师，但“雕评委”的专家们并没有机械地去看职称，而是看中了他功底扎实，为人低调，谦虚朴实又吃苦耐劳，善于听取别人的意见。他对“雕评委”专家们集体设计的意见非常尊重，认真落实，又不失自己的创新能力。这次孙中山像“奔走革命，即将出行”的姿态，就是他在查阅了孙中山的大量资料，收集了各个时期照片的基础上形成的创意，既与其他的孙中山塑像不同，又有就任中华民国临时大总统，肩负开创新局面使命感的南京特色，还耐看，感觉舒服，受到专家和社会的一致认可。他的确是一位难得的德艺双馨的雕塑家。

第七章

塑像创作

程序

按照“公众参与建议—‘雕评委’提出方案—雕塑家个人创作—领导最后决策”的机制，在雕塑过程中，由“雕评委”、全国城市雕塑建设指导委员会、文化部等阶段性审核把关，雕塑家反复修改，直至最后达到各方认同，力求创造出一尊一流的塑像。

“雕评委”除了对应征稿件进行评审，选拔雕塑家外，还要负责听取各方意见，分析归纳，对塑像提出设计方案。雕塑家依据文字方案创作出三维的立体塑像。

“雕评委”的专家们在重塑办的协助下做了一系列工作：一是调研了解海内外孙中山先生塑像的情况；二是听取了广大公众，尤其是各界专家学者的意见；三是先后三次前往新街口现场考察环境，依据公示大样确定雕塑体量；四是运用城雕行业和雕塑专业最新学术知识，提出了孙中山塑像的设计方案，并对雕塑家的塑稿进行审核，严格把关，该修改的一定提出修改意见，确保这尊铜像尽量达到完美，不留任何遗憾。

这尊铜像的决策机制体现了“群众 + 专家 + 领导”三结合，做到了民主、科学、权威于一体，经受了社会和历史的检验。

意义

水平——水平应超过所有已建的孙中山塑像，成为精品。

影响——其所在区位重要，具有重要现实意义和深远历史意义，是一项全国公众关心、海外华人瞩目的特殊项目。其社会反响之烈、舆论关注之高、各界参与之广、党政领导之重视，都是罕见的。

特色——南京作为孙中山先生临时大总统的就任地和逝世后的安葬地，这尊塑像应与众不同，必须体现南京特色，成为南京历史名城、中山文化的重要名片。

标志——重塑的孙中山像安放在南京城市的中心，具有标志性意义，必将成为南京标志性景观。

要求——高标准、高水平、高质量，精心组织、精心设计、精心施工，经得起历史考验，令海内外各界满意。

体量

雕像的体量是成败的关键。

1995 年 9 月 28 日至 1996 年 10 月，一尊为征求广大市民意见的孙中山塑像，按 1 ∶ 1 的尺度制成了玻璃钢大样（实高 5.28 米），公示于新街口广场中央，历时一年有余。

经检验，体量基本适应。“雕评委”建议再做一些微调，像高增加 0.4 米，达 5~6 米（最后实际为 5.75 米），底板 0.2 米，基座与塑像高度大体呈 1:1 比例，总高为 11 米左右。

原型

既然是重塑，南京的这尊孙中山铜像就要体现出与众不同，要包含南京元素，有南京特色。

重塑办非常赞许这个意见，同意以孙中山先生在南京就任临时大总统时（即 1912 年 1 月 1 日至同年 4 月 1 日，46 岁）的形象为原型（包括服饰）来塑造，各处细节请雕塑家进一步考证核实，要符合历史，以体现南京特色。

衣着

有的市民主张应该身着孙中山创新设计的中山装。经查证，中山装是由华侨黄隆生根据孙中山先生的要求设计，在 1929 年正式定为官服，较孙中山就任临时大总统晚了 17 年，不宜采纳。

“雕评委”认为：重塑是以孙中山 1912 年就任临时大总统时期为原型设计，

孙中山在南京就任临时大总统时的合影

因此，也应以该时期他喜好穿的衣服为依据。

重塑办除寻找当年的照片加以证实，还特地登门拜访了孙中山的贴身卫士范良老先生（90 多岁）。他回忆说：中山先生平时最喜欢穿的就是西装，衬衫、领带、马甲、大袄是他出行的标配。

姿态

群众中有个别人认为，重塑就按原样，朝向、基座也按原样，只是体量不同，这反映了人们对老铜像的怀念。但多数人主张不能与海内外任何孙中山塑像雷同，必须要有南京特色，要独一无二。

雕塑家戴广文建议采取“即将出行，奔走革命”姿态，理由是：一、不与其他塑像雷同；二、姿态自然，看着不累；三、这也是中山先生一生奔走革命的一种常态。

“雕评委”支持、认可他的创意，并要求塑像的胸、腰、后背要挺拔，因地处十字路口，要求塑像的四个方向都要有看头。

重塑的孙中山先生铜像不同视角照

神态

“雕评委”认为：塑像要反映孙中山先生的思想和性格特点，不要千篇一律。塑像不仅要形似，更要神似。其神态应体现庄重、威严、英明、慈祥，以反映其高瞻远瞩的思想和刚毅不屈的气质。特别注意对眼部的处理，要深邃、有神。嘴唇宜抿，要反映坚强、果敢。

重塑的孙中山先生铜像上半身照

文明杖

出行时手持文明杖，是当时绅士风度和身份的象征，是孙中山先生的习惯和爱好，也是反映孙中山先生神采和风度的道具。

笔者为考证此事，专程上门拜访了孙中山先生当年的贴身卫士范良先生，得到了他的证实。他生动地向我们模仿中山先生在即将出行时的习惯动作：先穿上大袄，然后习惯地伸出右手，喊一声“司的克”（stick），让把文明杖递到他手上。可见中山先生对文明杖的喜爱。

孙中山和宋庆龄

留名

铜像的雕塑家和铸造厂都提出，他们都是无偿捐赠，不要任何报酬，是否可以留个名？经请示全国城市雕塑建设指导委员会，答复称：可以留名，雕塑者的签名和铸造厂名，可以留于底座背后或侧面，字高不超过座高的1/2，除签名外，其他用简化字，字体用电脑中的楷书，本色，不得上漆。

基座

高可与铜像相当，外形可为直方形，配有线脚装饰，但不宜太复杂，贴面可采用“中国红”或“印度红”镜面花岗岩。

像名篆刻“孙中山先生”和生卒年代，文字采用汉字繁体楷书，年代用阿拉伯字，镶金装饰。

孙中山先生铜像基座

朝向

这是争议较大的一个问题，详见第三章《社会大讨论》。

广场和雕塑两个评审专家组均主张面部朝南。人物雕塑的魅力，全靠光线体现，只有朝南才能看清面部的神情，尤其是眼神。如果没有特殊原因不宜设为其他朝向。

背北面南重塑的孙中山先生铜像

实际上孙中山塑像的创作，是从招标就开始的。应标的雕塑家们带着自己的创作思想，雕成小样参加竞争。招标选聘的是雕塑家，而“雕评委”看到的是雕塑作品。然后一轮一轮放大作品，像高由 0.7 米到 1.2 米，最终决出中标者。

中标雕塑家创作还要分两个阶段，先雕塑一尊高 2.0 米的玻璃钢小样，经评委审核通过，再报请省市政府批准，然后开始创作大样。

中标者的创作在集体设计方案的基础上进行，而集体设计方案是由“雕评委”在民众意见的基础上，历经一年多时间的公示、酝酿而形成的。在此基础上创作新的雕塑，确保了品质更加优良。

最后还要进入中央审批程序。前后要经过 13 道程序，才能最后完成孙中山铜像的创作。

正式青铜像

像高：增加 0.4m，至 5.75m

形态：按在南京就任临时大总统（46 岁）时为原型

衣着：改为他平时喜欢穿的西服

姿态：站姿，仍取“即将出行，奔走革命”的姿态，胸、腰、后背要挺拔，四个方向都要有看头

神态：不仅要形似，更要神似，反映其高瞻远瞩的思想和刚毅不屈的气质

文明杖：是他的喜好，要处理得当，反映他的绅士风度和高雅气质

征求意见稿

“雕评委”的设计方案

创作泥稿

根据“雕评委”的设计方案，先由中标雕塑家戴广文按高 2.0 米创作小样。

1996 年 4 月 20 日，戴广文按照“雕评委”设计方案雕塑的 2.0 米小样完成。经“雕评委”评审后认为，基本体现了集体设计方案的要求，在雕刻技巧上也吸纳了其他竞标者的优点，有很大改进。评委一致表示满意，认为可以提交南京市政府审核。

南京市政府收到 2.0 米小样后，立即请市委各常委前往现场审查。市委各常委一一签字表示认可。然后送交中共江苏省委、省政府，在市常务副市长罗志军和重塑办主任郑玉玺的陪同下，省人大常委会副主任张耀华和省政协主席孙颔等亲自审

重塑的孙中山先生铜像

视，均认可。

1996年4月25日，南京市政府下文批准，同意按此小样雕塑泥塑大样。“雕评委”决定由戴广文将此2.0米小样放大为5.7米左右的大样泥塑稿。

戴广文接此任务后，考虑到泥塑雕像体量太大，搬运容易变形，于是决定直接到南京佛光艺术制像厂雕塑，吃住在厂，以集中全力尽快完成任务。佛光厂热情地接待了他，厂长吴仙学为他安排了工作场地，免费为其提供食宿。

年逾花甲的戴广文1996年4月30日搬进佛光厂，先搭钢架，后搬泥，贴到架

雕塑家创作孙中山先生铜像泥塑大样

上，形成粗坯，再行精雕细刻。他每天在 7 米高的脚手架上爬上爬下，常常一站就是半天，还经常加班赶工至深夜。仅塑像头部就用去 40 天时间才完成。前后历时 135 个日日夜夜，大样终于完成。经测量实际高度为 5.75 米，完全符合设计要求。他说："不仅是任务，更是使命。"他是怀着对孙中山先生无比崇敬的心情，全身心地投入雕塑创作的。

1996 年 7 月 9 日，泥塑稿大样完成。"雕评委"在南京的委员徐天敏、叶宗镐、曹凤池、阮雍崇、张祥水及重塑办主任郑玉玺等专程来到佛光厂，对泥塑大样进行审核验收。大家一致认为雕塑家戴广文制作的这件作品在放大的过程中不但没有丢

"雕评委"对泥塑大样进行审核验收
（由左至右：吴仙学、曹凤池、戴广文、郑玉玺、徐天敏、叶宗镐、阮雍崇）

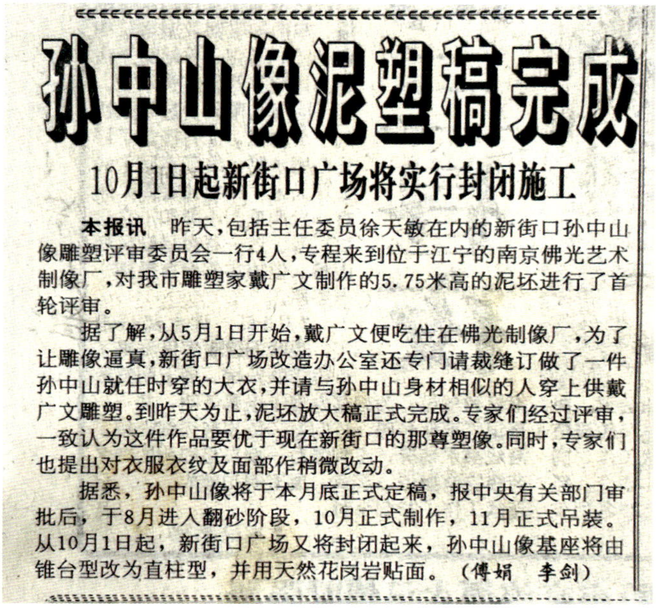

孙中山像泥塑稿完成

10月1日起新街口广场将实行封闭施工

本报讯 昨天，包括主任委员徐天敏在内的新街口孙中山像雕塑评审委员会一行4人，专程来到位于江宁的南京佛光艺术制像厂，对我市雕塑家戴广文制作的5.75米高的泥坯进行了首轮评审。

据了解，从5月1日开始，戴广文便吃住在佛光制像厂，为了让雕像逼真，新街口广场改造办公室还专门请裁缝订做了一件孙中山就任时穿的大衣，并请与孙中山身材相似的人穿上供戴广文雕塑。到昨天为止，泥坯放大稿正式完成。专家们经过评审，一致认为这件作品要优于现在新街口的那尊塑像。同时，专家们也提出对衣服衣纹及面部作稍微改动。

据悉，孙中山像将于本月底正式定稿，报中央有关部门审批后，于8月进入翻砂阶段，10月正式制作，11月正式吊装。从10月1日起，新街口广场又将封闭起来，孙中山像基座将由锥台型改为直柱型，并用天然花岗岩贴面。（傅娟　李剑）

《孙中山像泥塑稿完成》（《南京日报》1996 年 7 月 10 日第二版）

失 2.0 米小样的优点，还显得更加细腻自然，形态和神态也更加完美，但提出塑像的衣纹还不够逼真自然。重塑办随即特地请南京老字号李顺昌服装店的名师裁缝，按当时的料子和式样定做了一件孙中山就任临时大总统时穿的大袄，由身高、体重与孙中山先生相似的重塑办主任（即笔者）穿上，立于雕塑现场充当模特，供戴广文观摩修改，使塑像的衣纹呈现出自然的效果。

1996 年 7 月 21 日，新街口广场改造工程领导小组组长在重塑办主任陪同下，前往厂区，对泥塑稿作审查，对雕塑家戴广文的辛勤劳动和创作精神表示了肯定和慰问，对泥塑大样的进展感到十分满意，可以上报中央审核。

由于离预定的 11 月 12 日的落成典礼的时间已很近，为了节省审核时间，全国城市雕塑建设指导委员会秘书长程允贤决定采用变通办法，特事特办，将北京派人到南京现场审核改为南京将泥塑样稿拍成照片送北京审核。为保证图片质量特请南京摄影图片社经理周宜良亲自掌机，将泥塑大样的 8 个方位拍成 7 寸全身照片，航

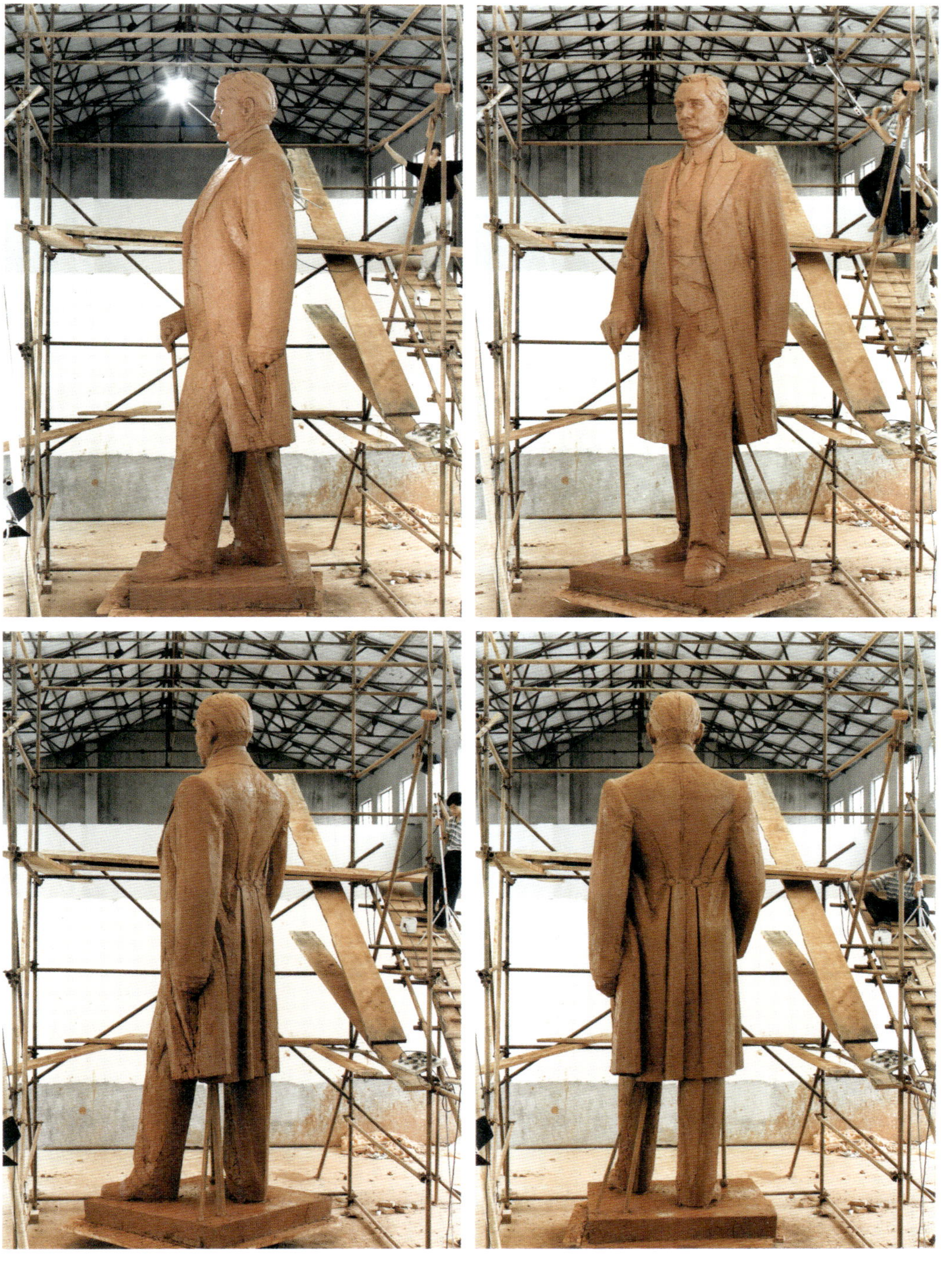

泥塑大样的8个方位7寸全身照

寄北京，由全国城市雕塑建设指导委员会会同文化部进行审核，提出修改意见。

1996 年 8 月 18 日，全国城市雕塑建设指导委员会与文化部的会审意见是：塑像总体很好，给予肯定，但局部地方还要再作修改。一是从正前方和后方看，右腿处理欠舒服，感到重心不够稳；二是从右侧方看像走步，而从其他方向看是站立；三是右腿宜往右稍移一点，且不要弯，做直（尤其是从正背面看）；四是从侧方看裤子嫌宽，要修饰一下；五是脸部偏长，可在脸颊和颧骨下部更加丰富些；六是腰部右前方（有大衣）与腰部左前方（无大衣）鼓出的程度不协调，再修舒服一些。

上述意见，由在京的重塑办主任以快件形式邮寄南京，立即转给雕塑家戴广文。戴广文在认真研究消化了上述意见后，感到这些意见非常中肯实在，明确具体，易于操作，随即一一对照做了认真修改。至此，一尊更加完美的孙中山大型塑像在全国顶级专家的指导下诞生了，随后便可以进入下一道程序——翻砂浇铸了。

第八章

铜像铸造

特别报道

本月12日，市民即可在新街口广场一睹此尊铜像孙中山先生伟人风姿。日前，在无偿承造这尊铜像的南京佛光艺术制像厂，记者见到工人正在紧张地进行着色前局部细节的修磨。此尊孙中山先生铜像总高5.75米，重约6.2吨，身姿挺拔，魁伟庄严。南京佛光厂自8月下旬开始铜像泥塑的翻模，引进先进设备和工艺，投入优质原料，成功地进行一次成型高达4.5米的精密铸造，铜像整体感及影像效果俱佳，著名雕塑家戴广文的创作意图得到很好体现，已顺利通过专家评审。铜像取材孙中山先生当年在南京就任临时大总统时的风姿，着西装大衣，脸部线条细腻传神，着色后为浅古铜色，底色微红，基调开朗、明亮、辉煌，塑像动态与时代感呈

优选厂家

南京佛光艺术制像厂厂长吴仙学出于对中山先生精神的敬仰，承诺全额无偿承担所有费用，包括玻璃钢示范大样和40厘米同炉同水纪念铜像，遂签署正式合同。

该厂随即组织了孙中山先生铜像铸造团队，以总工程师、高级工艺师戴小景为首，成员有金孝根、秦焯、汤镇方、庄耀林等技术骨干。这是一支技术精湛、勇于创新、工作严谨的队伍。

铸体分段

按照常规，5米高的铜像一般分为头部、上身、下身三段铸造，为了保证铜像与泥稿能够完美吻合，确保铜像形态与原作品相同，铸造团队大胆决定将头部与上身合为一段。他们经过科学计算，凭着精湛的技艺、打造精品的决心和敢闯敢试的创新精神，对成功铸造充满了信心。

在铸造团队的精心操作下，重达10吨的锡青铜水，缓缓注入5米多高的像模内，经冷却开箱检验，质量完全合格，总工程师戴小景当场兴奋地宣布：孙中山铜像最大的一块铜坯一次性浇铸成功！

除了主体分为2块浇铸外，大袄底部分为2块，手杖、底板各为1块，总共分为6块铸体。

铜像壁厚

考虑到这尊铜像将成为历史文物，需要永远保存，加之现在的安放位置为交通路口，空气中汽车尾气的侵蚀较重，重塑办决定将铜像的平均壁厚按15毫米设计。根据专业人士测算，平均100年才可能腐蚀1毫米，如果按时进行规范维护，应该基本不受腐蚀。由于厚度的增加，铜像的重量达到6.2吨，虽然增加了捐赠成本，但为了打造精品，佛光厂甘愿这样做。

铜水成分

厂长吴仙学一开始就定下不计成本铸造一流铜像、使用最好设备、采用最好工艺、选用最好材料的原则。

按照最为耐久的青铜材质铸造，铸造团队设计了最佳的成分配比：

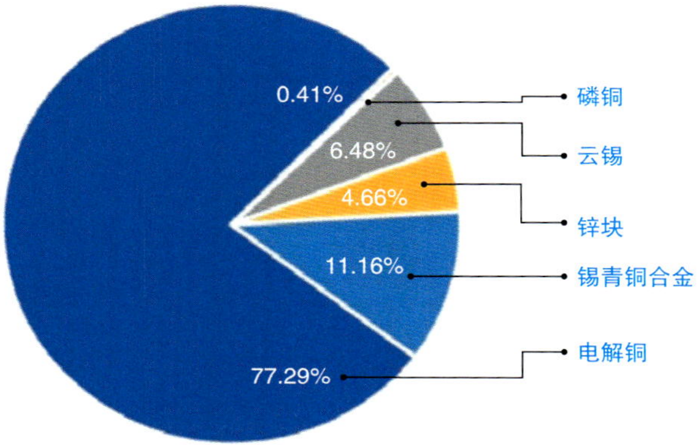

铜像成分比例图

铜（电解铜），7630kg，占比 77.29%。磷（磷铜），40kg，占比 0.41%。锡（云锡），640kg，占比 6.48%。锌（锌块），460kg，占比 4.66%。锡青铜合金，1102kg，占比 11.16%。合计铜水用材 9872kg。

膜面细度

按照 320 目的细度要求，完美体现雕塑家泥稿中呈现的孙中山先生的神采，尤其是脸部的细腻表情。同时采用活膜技术，在塑像四周 360° 方位制作了 5 块活模，保证了铜像的细腻、逼真。

技师分工

戴小景：制定方案，各方协调，现场指挥。

金孝根：上半身及下半身活块，严重缺陷处理、修型、定位、司线，现场监督。

秦　焯：木制件的制作，箱板、贴皮、涂料，外模隔板、型线板制作。

汤镇方：铜像表面处理，摄影。

庄耀林：人员调度，绘制骨头尺寸和型骨草图，现场操作。

翻砂制模流程

第一层面造型→合围造型→第二层面造型→外模造型→第三层面造型→盖箱造型→开箱→清理石膏模→表面烘干贴皮→场地清理→表面贴皮→合箱第一层面→开箱→浇第一层面内芯→清理型面→合箱第二层面→开箱→浇第二层面内芯→清理型面→合箱第三层面→开箱→浇第三层面内芯→清理型面→手杖的工装准备→所有外模开箱→修型→表面烘烤→外模上稀涂料→内芯上厚涂料→休息→表面检查→造型完成→合箱→修槽→上涂料→合箱→围箱→清扫场地大扫除→准备浇铸。

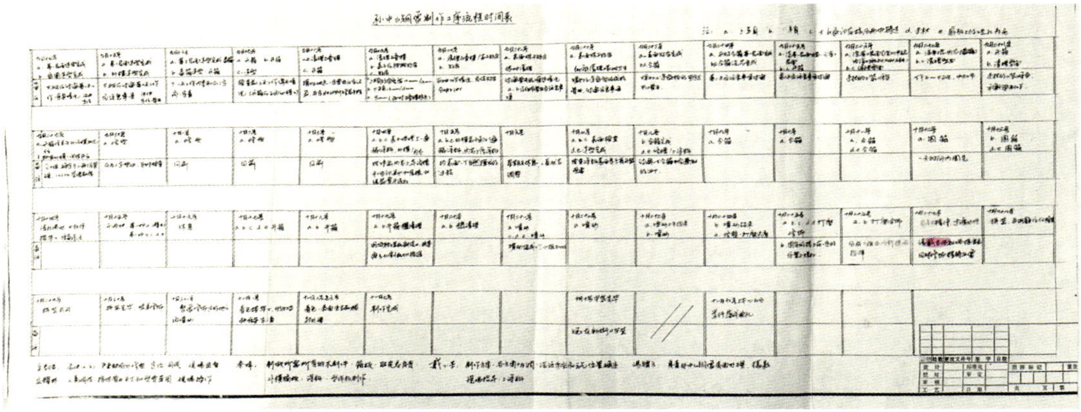

孙中山先生铜像制作工序流程时间表

开炉浇注

准备浇注→开炉（两炉）浇注→休息→开箱→粗清理→喷砂→修整、打磨、修饰→局部精修→过渡处理→修饰精铸头像→雕塑家戴广文到场提意见（认可）→准备拼装焊接。

拼装打磨

由于铜像主体是分两段浇铸，拼缝的误差经仪器检验仅为 2 毫米，达到非常理想的程度，经打磨后铜像非常具有质感。

打磨后的铜像

上漆着色

上漆程序：着色→表面亚光处理→蜡封处理→制作完成。

整个铜像的上漆着色共有 53 道工序，用时仅 15 天。

1996 年 11 月 4 日，“雕评委”专家到厂对铜像的上漆着色提出了建议：上漆颜色是最出效果的，现代雕塑颜色要有朝气，要有时代感；铜像作浅古铜色，底色略红；不搞高光，采用哑光，适当部位可做旧一点；颜色要统一，不能有一部分深，一部分浅。

验收评价

1996 年 11 月 7 日，由重塑办主任郑玉玺牵头，“雕评委”专家曹凤池、张祥水、阮雍崇，雕塑家戴广文的代表李老师、南京佛光艺术制像厂厂长吴仙学、总工程师戴小景等对浇铸、打磨、上色的孙中山先生铜像进行最终评审、验收。打磨后的铜像，传神细腻，栩栩如生。

在听取了厂方详细汇报后，大家对铜像进行了仔细审视、观察，一致认为重塑的孙中山先生铜像的浇铸完全合格，顺利通过了最终审定。

“雕评委”给出了如下评价：

1. 佛光厂在厂长吴仙学亲自主持带领下，高度重视此项工程，组织全厂最优秀的人力（参与铸造的技师和工人以极高的热情和荣誉感，夜以继日地工作）和先进设备（特从国外引进），科学合理地调度安排，全力以赴，不计成本，只求将这尊铜像铸造成一流精品。

2. 以较短的 45 天工期完成了铜像铸造。工艺先进，工序紧凑，配合协调，铸造精密，分块科学，原料优质，配方科学，拼缝精确（误差仅 2 毫米），无铸造缺陷。

3. 铸造的铜像忠实体现了原作肌理，很好体现了雕塑家的创作手法，连作者的手指痕迹都保留了下来。总体形状和表面状况都非常好，没有走形。远看整体形象感很好，近看表面质感也很出色，尤其是脸部线条细腻传神、形象生动。基调开朗、明亮，塑像生动感与时代感呈现较完美的结合。

大样迁出

南京新街口广场孙中山玻璃钢塑像经过一年多时间的展示，广泛听取社会各界意见，共收到 108 条意见，会同其他各渠道的意见，一并提交“雕评委”研究。铜像铸造完成后，这尊玻璃钢塑像的任务已经完成，需要让位给正版铜像。由于这是全国首个以 1:1 大样实体在现场展示征询公众意见的塑像，具有一定的收藏价值。在征得中山陵园管理处的同意后，于 1996 年 10 月 20 日移至中山陵中山书院内保存，继续供公众瞻仰。同时对其新街口广场的基座予以拆除，重新修建新的基座。

孙中山先生玻璃钢塑像

雕像铭标

正面镌刻“孙中山先生”（中英文对照）和生卒年号（1866—1925），汉字用楷书、繁体，阿拉伯数字用等线，文字采用阴字，贴金装饰。

为什么字体选用电脑中的楷书繁体字？

鉴于中山先生是一位世界伟人，简化字要能得到海外广大华人的认同，尚需有个过程，尤其是“孙”字简化为“小”与“子”的组合体，易引争议。经全国城市雕塑建设指导委员会秘书长程允贤建议，“雕评委”同意，中共南京市委、市政府批准，使用繁体，这也符合国务院《汉字简化方案》关于人名在特定环境下可以使用繁体的规定。

基座设计

为什么基座的高度定为 5.37 米？

“雕评委”的专家们根据广场空间尺度，要求铜像的总高为 11 米左右。重塑办据此决定，只需将基座高度进行微调，使铜像（5.75 米）+ 基座（5.37 米）总高达到 11.12 米便可。“11.12”这一组数字赋有特定的文化内涵，寓意孙中山先生诞生日（11 月 12 日）和铜像落成纪念日（1996 年 11 月 12 日）。

基座施工

铜像基座由江苏省机械施工有限公司第一分公司及南京第二建筑工程总公司承建并无偿捐赠。由于工种多，程序繁，工期紧，要求高，不设围挡，不封交通，施工采取了 24 小时三班倒方案，及时优质地完成了基座工程任务，保证了铜像的按时吊装。

铜像吊装

铜像吊装由江苏省机械施工有限公司第一分公司无偿承担。由于铜像较重，吊距较远，经计算需要 200 吨的吊车。当时江苏省还没有这么大的吊车，经计算必须使用 75 吨和 40 吨两台轮式吊车接力才行。先用 75 吨吊车从停于中心岛外车行道

铜像吊装

的货车上将铜像吊运至中心岛内，再由中心岛内 40 吨吊车将铜像吊装至基座上。

为保证吊装过程中心岛花圃、地坪、喷泉和地灯不受损坏，该单位先在中心岛花岗岩地坪铺设黄砂垫层，再在砂上铺钢质路基箱，履带式吊车从钢箱上驶入吊位。

1996 年 11 月 10 日晚 21 点 45 分，在越下越大的冬雨中，重 6.2 吨，高 5.75 米的孙中山先生铜像在警车的护送下，由一辆大卡车运抵广场中心岛边，停靠在 75 吨大吊车旁。6 名吊装工人迅速登上汽车，熟练地将铜像固定。为防止钢丝绳在吊装过程中磨损铜像，已将钢丝绳全部换成了柔软的尼龙绳。

今天凌晨0时，孙中山铜像安装工程圆满完成。雨中的孙中山铜像格外庄严肃穆。 陆效军摄

中山铜像吊装记

昨晚9时45分，在越下越大的冬雨中，重6.2吨，高5.75米的孙中山铜像在警车的护送下，“乘”一辆大卡车来到了广场边。

由于铜像很重且离广场边25米远，要想一台吊车一次吊起，需一台能吊200吨重的吊车，难度很大。省机械施工公司工程技术人员现场勘察测量，决定分别用75吨和40吨两台吊车在快车道和街心花园内进行接力吊装。其中40吨吊车已在9日晚开上了街心花园，底下又铺上18吨黄砂和大量路基箱、枕木，以免街心花园路面受损。

运送孙中山铜像的卡车10点整开到75吨大吊车旁，6名工人迅速登上汽车，用手腕粗的尼龙绳给铜像进行了“包扎”，随着指挥人员一声声哨响，孙中山铜像被徐徐吊起。10点30分，铜像被平稳地放在街心花园的花岗岩地面上。这时，广场附近的群众越来越多，雨点也更加密集了。豆大的雨点打在平躺在地面的铜像上，“噼噼啪啪”作响。而现场施工人员只穿着工作服，头上戴着安全帽，没有一个穿雨衣，全然不顾雨水打在他们身上。

紧接着，总指挥命令用小吊车吊住铜像头，用大吊车吊住铜像基座，慢慢将铜像竖起来。4名工人又用长尼龙绳绑住铜基座4个角，用40吨吊车缓缓将竖起的孙中山铜像吊向基座，2名负责在基座上安放铜像的工人已在大雨中淋了近2个小时，他们立即对好铜像重心，铜像徐徐下落、下落……

11点15分，铜像稳稳地落在基座上，整个吊装过程只用了75分钟，一次成功。此时的孙中山铜像在雨中显得更加挺拔和高大。本报记者 李剑
本报通讯员 傅娟

《中山铜像吊装记》（《南京日报》1996 年 11 月 11 日）

22点30分，总指挥赵培林一阵哨声，75吨吊车徐徐将铜像吊起，稳稳地放在中心岛地坪上。此时，雨越下越大，而现场的施工人员只穿着工作服，没有一个穿雨衣，全然不顾雨水打在他们身上。约23时，在哨声指挥下，换用40吨小吊车吊住铜像头部，用75吨大吊车吊住铜像底座，慢慢将铜像竖起来。然后4名工人又用尼龙绳固定住铜像底座的四个角，用40吨吊车稳稳将铜像吊起，缓缓移往基座。这时，2名负责在基座上安装铜像的工人，已在大雨中淋了近两个小时。他们将铜像螺孔对准基座上预埋的螺栓，徐徐落下。用经纬仪校正好铜像垂直度，将连接螺栓固定，填充好快干水泥砂浆。

此时总指挥宣布安装成功，现场群众顿时一片欢呼，闪光灯频频闪动。整个吊装过程只用了75分钟，非常顺利。此时重塑的孙中山先生铜像在雨中显得更加挺拔和高大，时隔30年新街口广场终于再现了期盼已久的伟人风采！

第九章

社会捐赠

新街口广场改造工程收到首笔捐款

本报讯 我市公开征集孙中山先生塑像及新街口广场设计方案，在国内引起强烈反响。昨天上午台胞章士金先生将一张50万元人民币的支票郑重地交给林选才副市长，从而成为此项工程的第一位捐款人。

去年底，市政府决定向全国公开征集孙中山塑像及新街口广场设计方案，短短半个月[illegible]办公室先后收到信函、电话近300件次，其中随信寄来的17套设计方案颇有参考价值。塑像及广场改造预计耗资600万元，市政府确定费用全部向社会筹集。不少单位和个人闻讯后表示了捐资意向。第一个捐资者是今年66岁的台胞章士金先生，他听说市府要在新街口重塑孙中山塑像，毅然捐款50万元，以表达自己对孙先生无限景仰之情。

（沈伟湖 丁婷宇）

为什么中共南京市委、市政府对重塑孙中山先生铜像不采取政府拨款方式，而让社会捐赠呢？

并非政府财政困难出不起，而是这样做意义很大。因为这是一个精神文化产品，不同于一般的市政工程。让广大民众出资捐赠，有利于使这尊孙中山先生铜像与民众心灵融合，有利于使民众感到这是他们亲手参与建起来的，增强民众的主人翁意识。

这也是为什么重塑办婉言谢绝香港市民姚美良请求独家捐资的原因。如果接受他的独家捐资，虽可以一举解决资金问题，但却违背了中共南京市委、市政府的初衷。重塑办也曾与其协商可否只捐部分，但对方坚持捐赠必须是其独家，只能作罢。

实践证明，中共南京市委、市政府的决策是正确的，社会效果非常好。市民的参与度之高，胜过任何一项其他工程，最重要的是在感情上拉近了与孙中山先生铜像的距离。这从后来的回迁风波中也得到充分印证。

重塑孙中山先生铜像的消息一经见报，在海内外立刻形成一股热潮，捐款捐工程的，献计献策的，无偿服务的，提供资料的，如雪花般从四面八方飞来：热心于家乡公益事业的南京籍台胞章士金先生一举捐出 50 万元；南京雨花台港务公司总经理李家华先捐 20 万元，后又追加 10 万元；以孙中山名字命名的南京市逸仙小学全体师生捐款 4832 元；许多南京市民，尤其是中小学生，还有南京周边城市的都

新街口广场改造工程收到首笔捐款

本报讯 我市公开征集孙中山先生塑像及新街口广场设计方案，在国内引起强烈反响。昨天上午台胞章士金先生将一张50万元人民币的支票郑重地交给林选才副市长，从而成为此项工程的第一位捐款人。

去年底，市政府决定向全国公开征集孙中山塑像及新街口广场设计方案，短短半个月内，广场改造办公室先后收到信函、电话近300件次，其中随信寄来的17套设计方案颇有参考价值。塑像及广场改造预计耗资600万元，市政府确定费用全部向社会筹集。不少单位和个人闻讯后表示了捐资意向。第一个捐资者是今年66岁的台胞章士金先生，他听说市府要在新街口重塑孙中山塑像，毅然捐款50万元，以表达自己对孙先生无限景仰之情。

（沈伟潮 丁辉宇）

《新街口广场改造工程收到首笔捐款》（《南京日报》1995 年 1 月 15 日第二版）

踊跃捐款；雕塑家戴广文先生无偿承担此次所有孙中山像的雕塑任务；南京佛光艺术制像厂无偿承担了此次所有孙中山像的制作任务；由南京走出去的国民党退休中将郑毓珊先生寄来了当年法国雕塑家隆德夫斯基雕塑的孙中山雕像的有关资料；一位市民把珍藏多年的老新街口原貌照片寄来；一位华侨把收藏多年唯一的一张孙中山面带微笑的照片献了出来……大量的感人事迹是南京的宝贵精神财富，不应当被历史淹没，值得被永远铭记。

资金筹集的四种形式

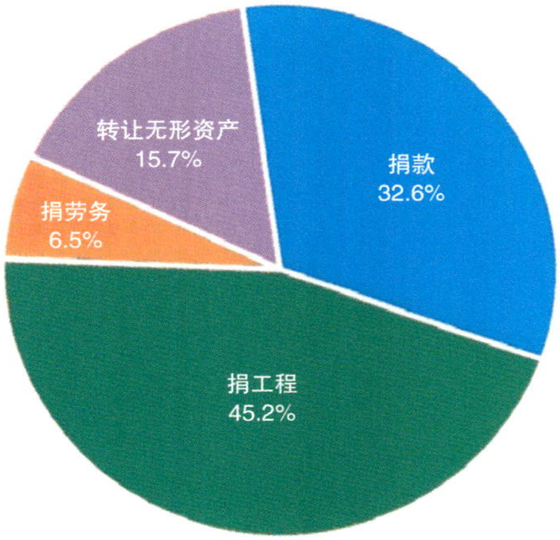

社会捐赠资金统计图

1. 捐款：单位、集体和个人共捐款 1994 笔，计 183.1 万元，占比 32.6%。
2. 捐工程：有 21 项工程是施工单位无偿捐赠，计 254.0 万元，占比 45.2%。
3. 捐劳务：有 34 人无偿服务，折合 36.2 万元，占比 6.5%。
4. 转让无形资产：有 22 项，计 88.3 万元，占比 15.7%。

总计 561.6 万元。

捐款最早者

章士金，出生于南京市六合区，20 岁去台湾创业，历经千辛万苦，事业终获成就。他虽离乡多年，但乡情越来越浓。数年来，他多次捐款给家乡的教育和公益事业，达1000多万美元。他说："我离家时是个文盲，连自己的名字都不会写，到现在我叫章士金还是章士经自己都搞不清，所以我要重点扶持家乡的教育事业。"为使家乡早日富起来，他还兴办了9家企业，增加了许多就业岗位。1995年1月14日，章士金回乡在给南京师范专科学校捐赠50万元，用于志愿投身农村教育的学生作奖学金时，得知新街口要重塑孙中山先生铜像，十分兴奋，立即又捐出50万元现款。这是重塑办收到的第一笔捐款，一下子解决了初期缺乏启动资金的困难。

章士金

社会捐款者

李家华，南京雨花港务公司总经理，于1995年3月14日闻讯后，当即捐款20万元。他向媒体表示说："我原来是房产经营公司混凝土构件厂的一名普通工人，下海后在政府的支持下，先后承包了秦淮河边几座码头，经过艰苦经营才有了今天。我的这些资产都是取之于社会，如今南京重塑孙中山先生铜像，正是我回报社会的机会。"同年7月6日他又捐了10万元，两次共捐款30万元，受到市、区领导的表扬。

最低调的捐款者

李孔玮，香港籍，南京市荣誉市民，1995年9月25日只身来到重塑办，二话没说，直接捐赠了一张25万元的支票，用于重塑孙中山先生铜像，并再三叮嘱不要宣传，令在场的工作人员非常感动，致使我们现在也没能掌握她的更多信息。

出钱又出力者

南京信业集团股份有限公司，地处新街口广场西南角，多次捐款支持社会公益事业。在此前捐建了4座人行天桥后，闻知新街口将要重塑孙中山先生铜像，主动上门提出由公司出资，请重塑办牵头，在扬子晚报开辟专栏《市民茶座》，开展献计献策评选奖励活动，还先后两次给工程捐款共22万元。但他们的董事长始终不露面，至今我们都不知道他的姓名。

类似这样低调捐款的还有：南京中山陵园管理局（捐款30万元）、中国民航江苏省管理局（捐款20万元）、江苏富丽达企业发展有限公司（捐款10万元）等。

捐款人数最多者

南京市逸仙小学的师生们在周会上听了徐洲校长关于新街口要重塑孙中山先生铜像，资金依靠社会捐赠的动员后，认为：我们是以中山先生的名字命名的学校，理应要表表自己的心意。

1995年3月12日下午2时10分，锣鼓喧天，南京市逸仙小学举行向重塑孙中山先生铜像捐资仪式。操场上，全体师生站得齐刷刷的。孩子们穿着绿底白条的校服，戴着鲜艳的红领巾，显得十分精神，在鼓乐声中一个个走向捐款箱，将手中的1元、2元、5元、10元钱投进箱子。

三（3）班学生贾慧宝捐了31.4元，他告诉记者：“爸爸蹬三轮车，妈妈生病没工作，家里很困难。可是建孙中山塑像我一定要出力！”

南京市逸仙小学的全校师生踊跃捐款

三(2)班学生张超说，他有400多元压岁钱，这次在爸爸妈妈支持下，拿出50元，捐给新街口广场改造工程，是全班捐款最多的。

历时25分钟，626名师生捐的钱都进了捐款箱。杨正梅等老师小心翼翼地把两个沉甸甸的箱子搬进了办公室，将钱倒在两个课桌上。1元、5元、10元的钞票堆成小山似的，有的皱巴巴的，仿佛还留着孩子们的手汗，有的崭新，还是连号，装在“招财进宝”的红纸袋里，分明是孩子的压岁钱。经清点共捐了4832元。在现场接受捐赠的南京市市政公用局副局长、南京重塑办主任郑玉玺激动地说：“这些孩子太可爱、太感人了，这是626颗心哦！”逸仙小学全校师生为了重塑孙中山先生铜像献出了赤诚的爱心。

各地民众捐款者

1995年3月13日至10月13日的7个月中，重塑办共接待前来捐款的各地民众1008人，收到捐款合计人民币2942元。

比较踊跃的有来自民革的成员和黄埔军校的校友们，他们对孙中山先生怀有特殊感情。民革南京市委会主任委员代表组织捐1000元，另有67名成员集体捐款1040元，黄埔军校同学会扬州联络组刘桂庆代表14人来南京集体捐款250元。

集体捐款的还有南师附中高二（6）班全体48名同学捐款125.7元。

个人捐款突出的有：黄埔军校校友薛文涛捐款200元，莫松奇捐款100元。特别值得一提的是南京有一市民前来捐款50元，却不愿留名，当工作人员要求登记名字时说："就写市民吧。"胡晶晶小朋友代表爸爸、妈妈、爷爷、奶奶全家三代6人，捐款12.5元。

外地捐款的有连云港港务局沈克淇等5人，每人捐款20元，还有镇江市、泰州市、宜兴市、连云港市灌南县、芜湖市等地的捐款者。

捐赠数额最大者

南京佛光艺术制像厂承担了所有孙中山塑像的制作任务，有高5.28米用于展示的玻璃钢像1尊，有高5.75米正式重塑的孙中山青铜像1尊，还有高40厘米同炉、同水用作回馈礼品的纪念铜像60尊，总共价值达113.8万元，是这次捐赠数额最大的。厂长是浙江籍民营企业家吴仙学。他从应标开始就把这项工程当作一种荣耀，爽快地表示不要一分报酬，包括从最初承诺的大铜像，到后来随着工程的进程又追加的捐赠内容，如5.28米的玻璃钢像、40厘米的小铜像以及解决雕塑家驻厂的吃住问题等，都全盘答应，全部满足，服务得很周到。工程质量更是精益求精，并富于创造，以国内一流的品质，不辜负南京市政府和人民的信任和嘱托。尤其是5.75米铜像的浇铸，在工艺上选择最佳的分缝位置，由三段式改为两段式浇铸，把两个分缝减为一个分缝，且安排在比较隐蔽的大衣底部。浇铸高度突破国内纪录，

“雕评委”在南京佛光艺术制像厂审核泥塑大样

存在一定风险，但经过他们仔细论证，精心设计，精心施工，终于创造一次浇铸高4.5米的全国纪录。为使铜像具有较高耐久性，除采用防腐性能最好的锡金铜配比制作外，对铜像的厚度也采用较高的上限，平均达到了15毫米。如果按规范维护，铜像的寿命应该可以达到千年以上。

捐赠工程者

中心岛土建工程：安徽阜阳建筑工程（集团）总公司南京分公司，无偿捐赠广场中心岛全部土建工程（价值20.3万元）。

喷泉工程：南京恒子音乐喷泉工程有限公司总经理王爱丽，为给重塑孙中山先生铜像尽一份力，无偿捐赠广场中心岛环形喷泉工程（价值 24.29 万元），并终生免费维修。

护栏工程：广场四周人行道及中心岛 4 个进出口的护栏，全部改用不锈钢材质，由南京鸿达不锈钢制品有限公司无偿捐赠（价值 15 万元）。

塑像安装及基座工程：孙中山塑像的 3 次吊装任务，均由专业公司无偿承担，他们甚至连价都没有报一下，只管把任务完成就走，让人感动。其中 5.28 米玻璃钢公示大样塑像的一装一拆和朝向转身，以及基座的一建一拆，都由南京市第二建筑安装工程公司无偿承担；5.75 米孙中山铜像的吊装则是由江苏省机械施工有限公司第一分公司无偿完成。他们事前认真勘察了现场，做了周密的施工计划，调来了当时国内最大的吊车，在保证中心岛地坪完好及铜像安全的前提下，精心操作，圆满完成了任务。他们只字不提钱的事，所以重塑办也难以估算他们的工程价值。

孙中山先生铜像吊装现场

车行道和人行道工程：广场内所有车行道和人行道面板和牙沿的更新全部由南京市市政工程管理处及市政工程二所无偿捐赠（价值 40 万元）。

排水工程：广场内地下排水管网的更新改造全部由南京市排水管理处无偿捐赠（价值 13.5 万元）。

照明工程：中心岛内的全部照明设施由南京市路灯管理处无偿捐建（价值 7.11 万元）。

供水工程：广场内的供水管道及施工用水由南京市自来水总公司无偿捐赠（费用未提供）。

杆线工程：广场内的所有架空杆线，分别由公交总公司、供电局、电信局、南京军区、空军部队、有线电视、铁路运输等部门无偿拆除，转入地下（费用未提供）。

建筑材料：雕像基座的镜面花岗岩贴面砖，由南京市五矿建材厂和广西岑溪县钟银石材工艺厂免费提供（价值未提供）。

捐赠劳务的故事

这次捐赠劳务最多者是重塑孙中山先生铜像的创作者戴广文。他毕业于中央美术学院，1985 年前来到南京市雕塑工作室工作。当得知南京要重塑孙中山先生铜像时，他就立下决心，志在必得。

他早在应聘初期就明确表示，此次如果中标，将不计报酬完成雕塑任务。后来中共南京市委要求增塑的一尊玻璃钢大样塑像，他也一口答应下来不计任何报酬。他此次共雕刻孙中山先生 2.0 米玻璃钢小样、5.28 米玻璃钢大样、5.75 米青铜像、40 厘米小铜像及 13 厘米仿铜像各一尊，全部是无偿捐赠。按照雕塑的惯例折算，价值约合 30 万元。

他的孙中山先生塑像之所以能得到专家及社会各界的认可，除了他能准确按照“雕评委”对塑像的设计去创作、虚心接受专家们的意见、不厌其烦地进行反复修改、经常加班赶工、上下工架搬泥、不计吃住环境条件外，用他自己的话说：“我是怀着对孙中山先生无比崇敬的心情，用心去雕塑的。”他追求精益求精，希望这尊塑像能够达到世界一流水平。

“雕评委”要求不仅要形似，更要神似，要反映中山先生屡败屡战、百折不挠的刚毅精神，他做到了；“雕评委”要求雕塑中能看出中山先生的思想、品格和气质，他做到了；“雕评委”要求这尊塑像，要久看不厌，四面都有看头，他做到了。

重塑的孙中山先生铜像

捐赠智力的故事

在有钱出钱、有力出力、有人出人、有设备出设备、有材料出材料的捐赠大潮氛围下，有智出智也成为一大热潮。参与这项工程的所有专家学者、工人、职员、工程师、设计师等都不谈报酬，以能参与这项伟大工程为荣。

承担广场设计任务的东南大学建筑设计研究院，承担铜像基座设计任务的南京市市政设计研究院，承担施工监理任务的南京工苑建设监理咨询公司，承担铜像碑座设计的南京艺术学院教授阮雍崇，承担碑座撰文的江苏省孙中山研究会秘书长徐梁伯，承担碑文文字把关的南京教育学院教授沈乃璟，承担碑文书写的孙中山先生副官张猛的夫人潘景晴，承担广场改造和塑像招标评审的两个专家评审委员会的23位专家们，还有社会上各行各业献计献策的广大专家学者们……可以说不论是办企业的、搞工程的、研究学问的，都不计任何报酬，以能为重塑孙中山先生铜像做一点事、尽一点力而感到自豪和荣幸。整个社会形成了全民上下闻风而动、不计报酬、共襄盛举的感人局面。

使用无形资产者

南京市重塑的这尊孙中山先生铜像，经过全国顶级专家论证、上千公众出谋划策和雕塑家的创作，凝聚着当代集体的智慧，具有一定的知识产权，形成了一定的无形资产，若运用于制作纪念收藏品，将会产生一定的价值。当时的一些企业正是看到这一点，愿与重塑办合作发行纪念品，在起到一定宣传作用的同时，又能产生一些经济效益，从中提取一部分还可用于弥补建设经费的不足。

合作发行纪念品的有南京造币厂、南京市集邮公司、南京表壳厂、南京金钥匙礼品制作有限公司、南京银艺礼品实业有限公司等9家企业，计划制作发行纪念品16种。

合作使用落成典礼广告媒体的有江苏天时广告商务有限公司。使用高杆路灯杆广告媒体的有南京路灯管理处等。

整个工程费用收支基本达到平衡，最后所缺的部分使用塑像的无形资产弥补。

工程费用支出组成

前期工程费用，包括购买地形图、规划红线图、广场改造设计、广场改造施工临时设施、施工用电增容、架空杆线拆迁入地、举办广场改造方案应标方案展览会、广场施工交通疏导维护等费用，占比 4.8%。

广场改造工程费用，包括中心岛改造土建、干式喷泉工程、整个广场绿化改造、照明设施及广场周边花岗岩人行道板、路牙、不锈钢护栏改造等费用，占比 56.9%。

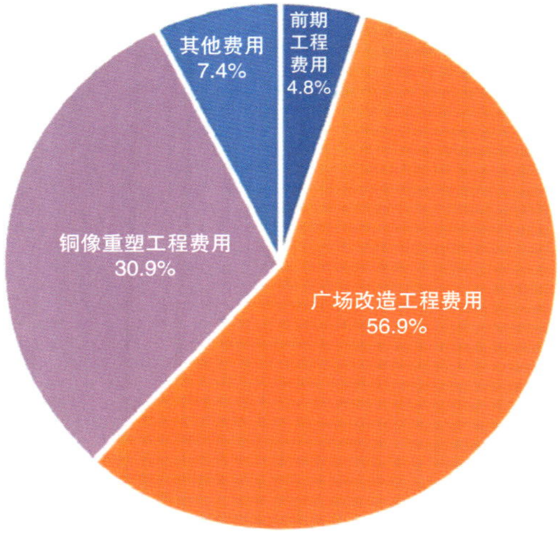

工程费用支出统计图

铜像重塑工程费用，包括孙中山先生 0.13 米、0.4 米、2 米、5.28 米及 5.75 米的塑像雕刻，2 米、5.28 米玻璃钢塑像及 0.4 米、5.75 米的青铜像的浇铸制作，孙中山玻璃钢塑像基座的建、拆及孙中山铜像基座的建设，孙中山玻璃钢塑像的装、拆工程及 5.75 米孙中山先生青铜像的安装工程等费用，占比 30.9%。

其他费用，包括雕塑家的招标和评审、广场中心岛土建工程的监理、铜像落成揭幕庆典，以及对捐赠者的纪念品回馈等费用，占比 7.4%。

第十章

落成

落成典礼

1996 年 11 月 12 日孙中山先生诞辰 130 周年之际，南京市重塑孙中山铜像落成揭幕典礼隆重举行。

广场的中心岛设为主席台，满铺红色地毯，布置庄重，气氛热烈。广场四周摆满鲜花，遍插彩旗。广场上空悬挂气球，下挂飘带。广场周围布有气球和信鸽各 800 只，当红绸揭下时同步放飞。

南京市重塑孙中山铜像落成揭幕典礼

出席揭幕仪式的有：全国政协常委韩培信，江苏省委书记陈焕友、省长郑斯林、省人大常委会主任沈达人、省政协主席孙颔，南京市市长王宏民等各级领导及民主党派、专家学者、机关干部、工人、学生、参建人员代表共1000余人。

大会由南京市市长王宏民主持，中共江苏省委书记陈焕友为孙中山先生铜像揭幕，典礼在欢乐的乐曲声中结束。

社会反响

孙中山先生铜像重塑落成后，成为备受瞩目的新人文景观，社会反响热烈，获得一致好评。社会各界专家学者纷纷盛赞这是南京美丽项链上的一颗珍珠，是城市风貌的画龙点睛之笔。

雕塑家张祥水、杨建强、吴支超对记者说：重塑孙中山先生铜像历时两年多，雕塑家和规划师、建筑师一起参与，携手合作，根据雕塑所处的具体环境，反复推敲，进行构思，这是成功的基础。这次戴广文先生创作铜像，自己不要分文报酬，佛光艺术制像厂及众多施工单位无偿捐赠，广大民众慷慨解囊，出谋划策，这种风格并不多见。

专家们还认为：美化城市需要大量的城雕，南京的这尊孙中山先生铜像堪称是城雕精品，从形式到内涵都有许多创新。在策划方面吸纳了城市规划、建筑、环境、雕塑、历史、美学、中山思想等各学科的知识成果于一身。尤其是全国一流的雕塑家积极应征，会聚南京，共同为创作一尊经得起历史考验的伟大铜像费尽心血，精心设计，从体量到衣着，从形态到神态，从眼神到嘴形，从头部到全身，无不凝聚着大家的智慧，再由雕塑家不辞劳苦，精心创作，这种做法值得赞扬。

答谢会

按照工作计划，在铜像胜利落成后，要举办一个对社会各界的答谢会，并进行全面总结。为此，新街口广场改造工程领导小组决定于1996年12月9日在中山陵

揭幕后的新街口广场

园中山书院召开“南京市重塑孙中山铜像落成答谢会”。出席的各方代表有：新街口广场改造工程领导小组成员、“广场改造评委会”成员、“雕评委”成员、铜像创作者、工程设计者、工程施工者、主要捐资者、献计献策者等。

南京市重塑孙中山铜像落成答谢会

重塑办主任郑玉玺作重点发言，对工程的进行过程、经验教训、好人好事、经费筹集和使用情况等做了系统的汇报。最后他说："经党中央、国务院批准，在中共江苏省委、省政府的关心下，在中共南京市委、市政府的直接领导以及社会各界的热情关怀、支持和直接参与下，孙中山铜像经过两年零两个月的努力，已于今年11月12日孙中山先生诞辰130周年之际，顺利圆满落成。"

会议由新街口广场改造工程领导小组副组长、市政府副秘书长戴永宁主持。

各方代表发言给予了充分肯定，一致认为这一工程充分发扬民主，吸纳各方意见，依靠专家，精心设计，科学决策，精心施工，在全民参与下，共襄盛举，使重塑的孙中山先生铜像成为社会各界一致认同的传世之作。

最后，新街口广场改造工程领导小组组长、副市长周学柏代表市委、市政府致答谢辞，向各界的积极参与表示诚挚的感谢，并向直接参与的单位和个人颁发了荣誉证书和纪念品。

铜像产生流程

重塑的孙中山先生铜像之所以能成为精品并得到社会的认可，不是偶然的。从诞生的过程就可以看出来，它是在广纳民意的基础上，结合了全国一流雕塑家的智慧，在专业的“雕评委”及文化部和全国城市雕塑建设指导委员会等的严格审核下，经过雕塑家的精心雕刻和反复修改，由国内一流的铸造厂家采用先进的生产工艺制造出来的。

孙中山先生铜像的整个诞生过程经过了四个大的阶段。

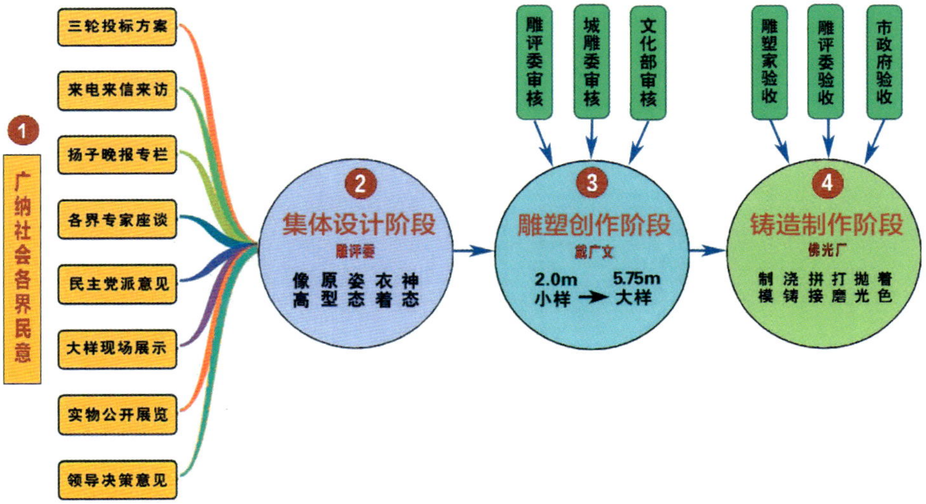

重塑的孙中山先生铜像诞生流程图

第一，广纳社会各界民意阶段

塑造一尊雕像有上千人参与讨论，这是不多见的。南京市政府从一开始就主动搭建了 9 个平台，诚心诚意听取各方意见：开通了来电、来信、来访通道；在报刊设置专栏；分阶段召开新闻发布会、记者招待会，将内部意见向社会公布；把社会上的知名专家学者请进来座谈，又走出去向省市民主党派主动汇报听取意见；在现场竖立 1 ∶ 1 的玻璃钢大样稿，以准确选定塑像体量，这在国内没有过先例；通过对雕塑家的招标，吸引了国内各大美术学院雕塑系主任及教授参与，他们投标的作品包含了珍贵的创意，具有吸纳价值；将招标实物资料集中举办了一次展示会，进一步听取大家的意见。在这期间，重塑孙中山先生铜像成为社会热点，引起了广大民众参与，形成一场非常有意义的“社会大讨论”。这对集思广益、统一思想、激发捐赠热情起到了很好的作用，为省市领导的决策提供了民主和科学的基础。

第二，集体设计阶段

经过一年多时间征集到的大量有价值的意见，全部汇集到“雕评委”。专家们认真考虑分析，先后三次去新街口现场考察，结合国内雕塑界的一些共识，运用自己丰富的专业知识，系统地提出了重塑孙中山先生铜像的设计方案。

第三，雕塑创作阶段

根据“雕评委”对雕像的设计方案，由中标的雕塑家戴广文进行三维创作，1996 年 4 月 20 日先雕塑高 2.0 米的小样，由“雕评委”审核，再报省市领导认可。

然后于同年 4 月 30 日开始雕塑大样。经戴广文苦干 135 个昼夜完成了泥塑大样，实高 5.75 米。

1996 年 7 月 9 日“雕评委”对大样进行审核，经修改后于 1996 年 8 月 18 日报文化部及全国城市雕塑建设指导委员会审核并很快得到修改意见。

再次修改后于 1996 年 9 月 13 日经“雕评委”验收认可，后由南京市副市长周学柏代表市政府前往现场视察，给予肯定，同意进入铸造阶段。

第四，铸造制作阶段

南京佛光艺术制像厂接棒后立即进入翻模，大胆创新将三段改为两段浇铸（上段高达 4.5 米为国内之最），采取先进工艺，经 34 道程序完成浇铸拼接，由雕塑家戴广文对铸件是否符合原作进行验收。后经打磨抛光、上漆着色后，“雕评委”于 1996 年 11 月 7 日前往工厂进行验收。

重塑孙中山先生铜像的整个过程，从选拔雕塑家、形成设计方案，到经雕塑家创作、由铸造厂制作，历时整整一年半时间，经广大民众、全国顶级专家，省市直至中央各部门等 13 道审议程序，确保了这尊全国一流的孙中山先生铜像的诞生。

铜像参数

坐落：南京新街口广场中央

启动：1994 年 9 月 5 日

落成：1996 年 11 月 12 日

像高：5.75 米

总高：含基座 11.12 米

净重：6.2 吨

壁厚：平均 15 毫米

原型：取自 1912 年 1 月 1 日，孙中山 46 岁在南京就任中华民国临时大总统时之形象

神态：庄重、威严、慈祥、深邃、远瞩、英明、果断、刚毅、挺拔、不屈

姿态：奔走革命，即将出行

衣着：衬衫、领带、背心、大袄，手执文明杖

材质：青铜，含电解铜 77.29%，锡青铜合金 11.16%，云锡 6.48%，锌 4.66%，磷铜 0.41%，具有抗蚀、耐磨、防磁性能

着色：浅古铜色

设计：重塑孙中山铜像雕塑评审委员会

雕塑：戴广文

铸造：南京佛光艺术制像厂

监制：南京新街口重塑孙中山铜像办公室

铭牌设计

重塑孙中山铜像立碑有三个目的：一是为了宣传孙中山的革命精神，二是铭记重塑铜像的过程，三是表彰捐赠 20 万元以上的个人和单位。

铭牌由南京艺术学院教授阮雍崇无偿设计，造型为两页活页相连，高 1.0 米，

宽 1.3 米，材质青铜。

碑文撰稿

碑文包括两个部分：孙中山先生生平，简述其革命思想和战斗经历；铜像重塑之简要过程。

孙中山先生生平

孙中山先生（名文，字载之，号日新、逸仙，曾化名中山樵，后以中山名世），中国近代伟大革命家、思想家、爱国主义者，世界伟人。他一生以革命为己任，立志救国救民，为中华民族作出了彪炳史册的贡献。

1866 年 11 月 12 日中山先生出生于广东香山（今中山市）翠亨村，12 岁出国学习，26 岁毕业于香港西医书院。他早年即立志反清，1894 年创立兴中会，1905 年成立中国同盟会，任总理，先后发动 10 次武装起义，屡败屡战，坚韧不拔；1911 年 10 月 10 日武昌起义取得胜利，1912 年 1 月 1 日在南京建立国民政府，就任临时大总统，终结了 2000 年的封建王朝，创建了共和体制；1914 年建立中华革命党，1917 年成立军政府，任大元帅，1919 年将中华革命党改组为中国国民党，1921 年就任非常大总统、陆海空军大元帅；1924 年 1 月改组国民党，重新解释三民主义，提出联俄、联共、扶助农工的政策。他第一个喊出“振兴中华”的口号，主张天下为公。他一生奔走革命，鞠躬尽瘁，死而后已。

1925 年 3 月 12 日中山先生在北京因病逝世，享年 59 岁，1929 年 6 月 1 日奉安于南京紫金山中山陵。他对南京情有独钟，在南京创立中华民国，就任临时大总统，去世后又长眠于此，与南京有着不解之缘。

孙中山铜像重塑记

南京新街口广场原有之孙中山铜像.系先生之日本友人梅屋庄吉1929年捐送,初立于中央陆军军官学校,1942年迁至新街口,1966年移置中山陵园。

为进一步弘扬先生之革命精神,永记先生之不朽勋业.表达亿万炎黄子孙对先生的尊崇仰慕之情,经党中央、国务院批准,南京市人民政府决定在新街口原址重塑孙中山像。经向全国征得35个总体方案及26尊雕塑稿.由专家委员会评审,公之于众,广纳群言,博采众议,形成定稿。广场以简洁明快为基调,铜像以先生1912年在南京就任中华民国临时大总统时之形象为原型,取奔走革命、即将出行姿态,总高11.12米、像高5.75米,重6.2吨。于1996年11月12日落成。

整个工程耗资560万元。筹划甫定,社会各界闻风而动.慷慨捐赠,共襄义举.先后有15个团体和924人捐赠,其中主要有:南京佛光艺术制像厂、台北章士金先生、南京市市政工程管理处、南京李家华先生、南京市中山陵园管理局、南京戴广文先生、香港李孔昕女士、南京恒子音乐喷泉工程有限公司、南京信业股份有限公司、阜阳建筑工程(集团)总公司、中国民用航空江苏省管理局、南京市路灯管理处。

南京市人民政府
1996年11月12日

孙中山铜像重塑记

孙中山先生生平部分由徐梁伯撰写初稿（江苏省孙中山研究会秘书长、江苏省社科院历史学研究员），重塑部分由沈乃璟主笔（南京教育学院中文系教授），书写由潘景晴捉笔（孙中山副官张猛遗孀、广东省书法家协会会员、中国宋庆龄基金会名誉理事）。

后经中共南京市委、市政府慎重研究决定：考虑到孙中山先生的特殊历史地位，不宜由地方政府树碑立传，决定暂缓。致使为重塑孙中山先生铜像做出重要贡献者也未能上碑留名，造成遗憾。笔者也一直为此深感不安，特借此出书机会，作一弥补。

第十一章

共享纪念

赠台

经中共南京市委决定，中共中央、国务院批准，在新街口广场原址重塑孙中山先生铜像一事，在海内外引起强烈反响。台北中山纪念馆馆长随即来大陆访问，经南京市台办的引领，参观了孙中山先生铜像的重塑现场，了解了有关情况，亲身感受到社会各界公众的热烈反响。馆长表示，自己也很快要退休了，在退休前要做一件有益于促进海峡两岸和平统一的事情，请求南京方面能将新街口重塑的孙中山先生铜像的2.0米小样，翻制成铜像，赠送给他们，只需将铜像打包好即可，剩下的运输、安置、典礼等事宜都由他们来做，到时候还邀请南京方面组团来参加安放仪式。他说："南京这么隆重地重塑孙中山先生大型铜像，我们纪念馆是应该要收藏一尊小样的。我回去就准备安置场地，并建好基座，迎接孙中山铜像的到来。"

中共南京市委、市政府对台方的请求给予充分肯定，认为这对促进海峡两岸文化交流，推动祖国和平统一有着十分重要的意义，决定由对口单位南京孙中山纪念馆和南京市台属联谊会共同安排。这也是考虑到台属联谊会的副主任又是重塑办的主任，便于直接对接孙中山塑像2.0米小样的知识产权。

关于2.0米小样铜像的铸造制作，经与南京晨光集团公司联系，获得他们的大力支持。他们说："南京梅园有我厂制作的周恩来铜像，香港的紫荆花也是我厂制作的，现在又能为台湾制作孙中山铜像，我们没有遗憾了。我们愿意无偿制作，为祖国统一做一份贡献。"为了确保铜像的质量能使台方满意，厂方在浇铸过程中还安排了一次台方来厂检查验收。

在双方的共同努力下，各项工作进展得非常顺利。南京捐赠的这尊与新街口同式样、同雕塑家雕刻、一脉相承的2.0米孙中山先生铜像，于1999年11月12日孙中山先生诞生133周年纪念日之时，安置在台北中山纪念馆东侧大院内的碑林前，让台湾同胞能够就近瞻仰南京重塑的孙中山先生铜像。

赠台铜像位置示意图

赠台孙中山先生铜像正面

赠台孙中山先生铜像背面

纪念品

为了纪念南京重塑孙中山先生铜像的落成暨孙中山先生诞辰130周年，加强对青少年的革命传统教育，也为可以回馈各方贡献者，重塑办决定向社会发行一批系列纪念品，有铜像、邮品、像章、钟表、卡折、画册等16个品种。重塑办提供孙中山像作为知识产权投入，由商家提供一定量的产品作为对捐赠者的回报，其余由商家营销，自负盈亏。产品由重塑办负责策划、监制。纪念品设计新颖，制作精美，均采取限量发行，重要的纪念品还编码并“绝版”发行，极具收藏价值：有的是同炉同水同雕塑家的铜像；有经邮政部门批准，上海印钞厂印制，南京造币厂铸造的铜胆镀金邮币卡；有中山先生的贴身侍卫——92岁的范良先生亲自题词的纪念封；有仅限于出席嘉宾享有的非卖品——揭幕典礼纪念卡和画册等。

纪念品公开发行后，立即在社会上引起热烈反响。广大市民及收藏爱好者争相购买，有些发行点甚至还出动了警察帮助维持秩序。大家称赞纪念品具有很高的纪念和收藏价值。

第十二章

外迁与回迁

1996版孙中山铜像。(资料图片)

孙中山先生铜像五一前回归新街口

中心环岛直径由原方案10米扩大到18米

本报讯 五一前，南京市民又将在新街口看到离开新街口广场10年之久的孙中山铜像了。昨日，南京市政工程管理处就孙中山先生铜像回迁新街口广场改造项目开始对外招标，如不出意外，本月底工程有望动工。作为新街口广场复建方案的主要设计者，东南大学建筑研究设计院副教授杨冬辉接受记者采访时说，目前方案有所优化调整，原方案以孙中山铜像为中心，向外扩出直径为10米的环岛，而现有方案将环岛扩大到了18米，同时对道路交通组织方案也有所调整。

回归铜像是1996年版

历史上的新街口广场曾经先后安放过两尊孙中山先生铜像。第一尊铜像，为孙中山生前挚友、日本友人梅屋庄吉所铸，1942年移至新街口广场。"文革"期间为避免被破坏，迁移到中山陵园管理处。第二尊铜像是1996年，南京市社会各界捐资建造，质地为青铜。

此次回迁的孙中山铜像为1996年塑造的，铜像还将像10年前一样，坐北朝南安置。

环岛对交通影响很小

记者了解到，经过政府部门征求市民意见，新街口广场订建方案做了一些优化调整。按照原有方案，拟以孙中山铜像为中心，扩出直径为8米的环岛，在环岛外围增加宽幅为一米的铺装道路，使整个中心最终形成直径为10米的环岛。同时周边景观以种植绿色植物为主，做到三季有花，四季常青。而现有方案为建设一个直径18米的环岛带。

环岛变大对交通会不会有影响？杨冬辉说，2001年地铁一号线施工之前，新街口中心广场环岛直径达50米，而新的铜像回迁方案中，建成的环岛直径只有18米，对行车的影响很小。杨冬辉说，方案的设计充分考虑了现有交通状况，车辆在经过新街口广场时仍然是直行，只是对车道设置进行微调。

广场中心区域将封闭

记者从江苏省南京市工程建设项目招标公告中看到，孙中山先生铜像回迁新街口广场改造工程合同估算价为1950.00万元，前后需要25天的时间。从招标时间来看，8日报名，12日结束。

有关人士告诉记者，从时间节点来看，孙中山先生铜像回迁项目不出意外的话，本月底前工程有望开建，预计五一前完工。

据了解，目前新街口广场地下已经是四通八达，为了交通的安全和便捷，铜像回迁新街口广场后，广场中心区域将完全封闭，行人将通过建好的地下通道过街。为了弥补行人游客无法近距离瞻仰铜像的遗憾，方案计划在新街口广场的四角，行人可及的范围内，设置四块铭牌加以介绍。

（[illegible]）

铜像外迁

2001 年 12 月 8 日，因地铁 1 号线动工，需将南京新街口孙中山先生铜像临时外迁，经江苏省政府批准，由南京市政府公开向社会郑重承诺：此次迁移性质是暂时性的，时间为 2 年。

孙中山先生铜像外迁时先搁放在南京兴中门一个仓库中，后为安全稳妥起见，转存于南京江北老山某部队的大院中，还专门为其搭设了通风透气的棚子。

外迁的孙中山先生铜像

回迁争议

2003年南京地铁1号线完工，到了承诺回迁的时间。一些交通专家提出异议，认为新街口广场道路不畅的痼疾应当给予充分考虑，若铜像迁回原址将严重影响交通。还有一些民众也担心回迁对交通的影响，认为应当拓展思路，提出了一些将铜像移往别处的想法。

南京规划部门委托国际知名城市规划设计专业公司（COX）对新街口进行整体景观改造规划。其方案认为：孙中山先生铜像已经深深融入新街口的历史变迁中，成为其不可分割的一部分，具有标志意义，应当回归原位。

南京市政府又组织规划专家对这一方案进行评审。专家们认为：民国文化的历史轴线是中山路至中山东路，新街口广场是这条轴线的核心，孙中山先生铜像应该搬回来。

民众也纷纷通过新闻媒体呼吁政府应兑现将孙中山先生铜像迁回的承诺。

于是在社会上形成了一场围绕孙中山先生铜像是否回迁原址的大讨论，没想到这场讨论竟延续了6年之久，这是后话。

时间到了一年后的2004年，长期从事交管科研的专家毕衍蒙认为，新街口的交通现状是个无法回避的大问题。据测算，新街口的非机动车流量达到1万辆/小时，机动车流量达到5600辆/小时，远远超出了环岛交通所能承受的范围。而早在10年前，机动车流量只有3600辆/小时的时候，新街口就不堪重负了。只有取消中心环岛，改用平交灯控的方式，才能改善新街口的交通，这样广场中心就没有位置安放孙中山先生铜像。她建议，可以将孙中山先生铜像放回新街口，但不必放在广场中央，可以置于金陵饭店门前的小花园中。

还有规划和城建专家则提出一个十分大胆的想法：将新街口地区辟为步行街，扩建周边路网，让地面车辆绕开中心地区，都在外围通过。孙中山先生铜像与交通的矛盾则可以彻底解决。

不少民众对铜像暂时外迁却不能回来发出强烈呼吁：如果当年知道铜像搬走就再难回来，谁会同意把它搬走？如果今后所有的历史文化遗迹都如铜像一样，为了

交管专家解疑——

新街口现状难让中山铜像回归

晨报讯（见习记者 倪敏 记者 高利平）在两天的调查中，大部分市民还是希望孙中山铜像能回到新街口，那么，为何铜像如此难回新街口呢？昨天，南京市交管局的有关专家向记者道出了其中原委。

铜像回新街口有几大难处

长期从事交管科研的专家毕衍蒙女士告诉记者，她打心底里希望孙中山铜像能回到新街口，以遂广大南京市民的心愿，但新街口的交通现状又是个无法回避的大问题。

她说，从地理位置上看，新街口地处南京的东西向与南北向中轴线交汇处，可谓南京市的中心交通枢纽，交通地位重中之重。按照国内外惯例，在这么重要的道路交叉口要么采用立交方式，要么采用平交灯控方式，不适于用环岛交通方式。据测算，目前新街口的非机动车流量达到1万辆/小时，机动车流量达到5600辆/小时，远远超出了环岛交通所能承受的范围，因此再恢复环岛是不可行的。其实早在10年前，机动车流量只有3600辆/小时的时候，新街口就因为环岛交通不堪重负，而对进入环岛的出租车加以了限制。

从交通安全和秩序的角度考虑，采用环岛交通时，机非混行，新街口广场秩序一直较混乱。取消环岛而采用平交灯控的方式后，新街口的交通秩序方大为改善，车流更畅，自行车与行人都反映路比以前好走多了。

另外，从交通流构成上看，新街口也不适合采用环岛交通方式。因为通过这里的大型车辆尤其是公交车占了很大比例，共有17条公交路线要经过这里，公交车车身特长，很容易造成环岛路堵。

再从景观角度考虑，纵然中山先生铜像回到新街口中央，那它必定为四周的交通信号灯所包围，来往车辆发出的噪音、没完没了的尾气，只会对中山先生的威严形象有不良影响。

建议：
铜像放在金陵饭店花园

不过，为使历史文化保护和城市建设发展找到平衡点，毕女士也谈出了她长时间考虑得出的一个折衷办法。

她建议，可以将孙中山铜像放回新街口，不过不必放在路中央，可以换个地方，最好能将铜像置于金陵饭店门前的小花园中，让中山先生在那幽雅的环境中"修养身息"。让中山先生铜像坐西北，朝东南，望台湾，可表达中山先生崇尚的爱国统一之志。"天下为公"，相信中山先生也不太愿让广大市民绕路行驶，交通秩序再度陷入混乱。同时，立于花园中的中山铜像与来往市民更加亲近，便于大家和中山先生亲密接触，近处瞻仰，岂不更好？（上图为原放在新街口的中山铜像）

规划、城建专家为中山铜像回归出高招

晨报热线84701110依旧开通，欢迎市民参与讨论

晨报讯（记者 高利平）孙中山铜像放在哪里最合适？晨报热线84701110开通2天来，市民参与热情高涨，热线依然十分火爆，目前，著名网站"西祠胡同"内的各大讨论版上也出现了网友激烈的讨论帖。究竟铜像放哪儿最合适？昨天，规划专家和城建专家又向记者提出了他们的高招。

四环路以内全步行

迎接中山铜像回归

南京市建委的一位专家昨天向记者描绘了他个人的一个十分大胆的想法。他说，虽然新街口已被誉为"中华第一商圈"，但就目前新街口地区的商业规模和城市空间来看，还不足具"中华第一商圈"的气势，能否再做大一点，将四环路以内的范围全部划为商业步行街区，所有的交通车流都限制在外围。这样一来，新街口广场将没有任何交通压力，孙中山铜像也可理所当然地回到原地。

也许十年后

可将铜像放回原处

和建委那位专家所见略同，南京市交通规划研究所的专家在谈到中山铜像时，首先就提出了"历史文化保护与城市建设发展总存在矛盾"这一论点。他认为，就目前新街口地区的道路交通现状来看，让中山铜像回到新街口并还原大转盘是不太现实的。因为新街口毕竟是南京的交通要道，车流量非常大，而且其周边路网也不具备分流的能力，为了保证交通通畅，只能使用十字路口。

另外，依照地铁2号线的规划，新街口是两条地铁线的交汇点，就是把铜像移回来，等到2号线施工时，还是得请它回避。也许十年后，当地铁1号线和2号线都进入正常运营后，新街口的车流量得到了缓解，交通通行能力允许的情况下，我们还可以把孙中山铜像请回新街口。

《交管专家解疑——新街口现状难让中山铜像回归》（《南京晨报》2004年5月28日A16版）

10年前重塑孙中山铜像的老领导、老专家再度建言——

中山像安身何处多听百姓言

晨报讯（记者 高利平）连日来，晨报关于《孙中山铜像放在哪里最合适》的报道一直牵动着广大南京市民的心。昨天，一批10年前曾经参与重塑孙中山铜像大讨论和重塑工作的老领导、老专家们纷纷打来电话，表示坚决支持黄老先生的意见，希望孙中山铜像能重回新街口。

南大历史系教授方志光10年前曾经参加重塑孙中山铜像的大讨论，方教授告诉记者，当时参与讨论的还有南京市市政公用局副局长以及南大新闻系、历史系的专家教授，大家的观点很一致，新街口应当重塑孙中山铜像。方教授说，孙中山铜像已经成为人们公认的南京的标志。既然作为城市的标志，我们就应尊重历史，将孙中山铜像放回原处。方教授表示，他曾去过美国、日本等国家考察，别人都是几十年、上百年如一日地将历史印记保留，原来是怎样，现在还是怎样，为什么南京就做不到呢？海内外的华侨都知道南京的新街口有尊孙中山铜像，他们也希望来南京新街口能看到中山先生的铜像。对晨报开通热线讨论孙中山铜像一事，方老很赞赏，这是一个城市标志的问题，是如何保护历史文化名城的问题，应该让老百姓参与进来。

南京市市政公用局原副局长郑先生曾担任10年前重塑孙中山铜像办公室主任，他看到我们的报道后也打进了热线。郑先生认为，无论站在历史的角度还是文化名城的角度来看，都应让孙中山铜像回到新街口原地。交通上面，现在已建快速内环、地铁，能缓解车流量；影响景观的电缆已经全部下地；同样影响景观的天桥也是临时性的，地铁造好之后就可以拆了。

原在南京市市政公用局工作的孙先生是当年重塑孙中山铜像办公室的常务副主任，他表示，很难有人能够超越孙中山先生在国际上的影响力，而南京作为和孙中山有着如此渊源的城市，应该把孙中山文化作为一个品牌来打造。新街口广场是南京市中心，如将其作为交通枢纽并不合适，尤其不应当成为东西过境交通的主要通道，在规划时，这里除了进行必要商务活动的车流外，其他的过境车辆都应该绕开新街口，例如北京，就没有让大量车流穿越中南海、故宫这些一环以内的市中心地带。所以，孙先生认为，如果将交通难作为孙中山铜像不能回新街口的托词是站不住脚的。

另外，据孙先生介绍，10年前重塑孙中山铜像时，政府没花一分钱，所有费用都是社会捐资、市民捐款。那么，10年后，孙中山铜像究竟该放哪里，是不是更应该听听广大市民的意见呢？

中山像归何处引发网民论战

中山先生的铜像究竟应该放在南京什么地方，近日由晨报发起的市民讨论"战火"延至网上。在南京网民中间影响力较大的BBS西祠胡同中国城市论坛（http://b95752.xici.net）等版块内，众多关心中山铜像的网民就该事纷纷为南京市政府献计献策。选择不同放置地点的网友就此发表了很多精彩的意见和建议，下面遴选部分观点以飨读者。

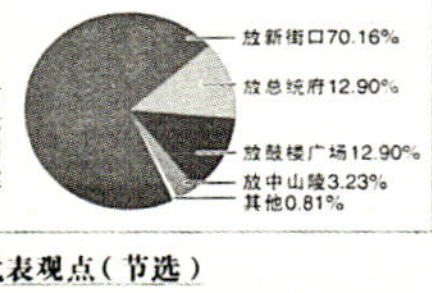

■新街口论代表观点（节选）

网友"来看热闹的"：

其一，新街口虽然不是南京城的地理中心，但习惯上它在南京人心中是划分城南、城北、城东、城西的中心。而且，新街口处在中山路与中山东路的转折点上，放在新街口，更可以存留下当年迎灵的那一段历史，存留下南京现代化城市的开始记忆。

其二，有人建议放在总统府、中山陵、鼓楼，我认为这三个地方都不妥！总统府的象征形象并不是孙中山，而且它的象征画面是《人民解放军占领南京》，因此，无论那里多么适合放一座塑像，都不适合放孙中山的像！中山陵地区已经有不少孙中山的像，再放也不合适；鼓楼在近代南京历史中并没有多少印记，而且由于视野过大，如果放置其中，并不惹人注目！我理想中，孙中山应该继续站在新街口，鼓楼这个东有钟山西枕石头城的地方应该塑一尊"虎踞龙蟠"的大型雕像，使两者同时成为南京"地标"！

■鼓楼论代表观点（节选）

网友"雁踏白"：

1. 因为新街口现在是南京的商业中心，孙中山铜像应该是一个文化意义上的象征，或者说是一种精神的象征，放在新街口与周围商业气氛非常不协调。试想一下，当人们拎着大包小包在shopping的时候，又有多少人能够对旁边的孙中山铜像心生敬慕？

2. 新街口地区高楼非常之多，铜像放在这里，显得非常之渺小。

3. 鼓楼首先环境较好，不是商业中心，充满着浓郁的文化气息。东大南大在东西两边遥相呼应，钟鼓楼赋予其古老的书卷气，鼓楼广场也可以让闲暇的人们能够更有时间和更近距离瞻仰孙中山。这些文化气息能够更加突出铜像的象征意义。

4. 鼓楼是南京的地理中心和交通中心，也是中山北路和中山路的分界点。相对来说，鼓楼地势比较空旷，更能突出孙中山铜像的高大伟岸。

■中山陵论代表观点（节选）

刘东华、王毅：

在南京，新街口是商业标志；而中山陵作为南京的标志也是理所当然的。中山陵环境幽雅，不仅历史遗迹保护得很好，而且具有浓郁的文化气息。而且，最早放在新街口的中山铜像如今放在中山陵东边的藏经楼（孙中山纪念馆）广场上，凡是来此参观的人无不被铜像的肃穆庄严所感染，对中山先生的崇敬之情油然而生。因此，建议可以把中山铜像放在中山陵西边的革命历史图书馆。

■总统府论代表观点（节选）

网友"chinaedu"：

总统府作为解放后在相当长的时间内人们避讳的地方，一方面是政治气候造成的，而另一方面是人们对它的历史价值不了解。总统府曾为两江总督署，天王府，而它真正的辉煌在于1912年，孙中山在这里宣布成立中华民国临时政府，它标志着中国几千年的封建专制结束了；同时，又确立了南京在当时中国的地位——首都。将孙中山的铜像放到这里，能使游客更容易了解这段历史，同时，又为南京树立一个好的形象。

■其他论代表观点（节选）

网友"cll058"：

依本人来看，最好的方法还是将先生的像放在新街口，但是放的方法得有所改变，可以将铜像悬在空中，即在环行天桥的四个支点上竖起四根拱形钢架交汇于十字路口正上方的钢结构平台上。这样可以让中山先生高高在上，俯视我们国民，也可以起到激发人们对先生的景仰之情。对于交通的话更不会产生什么影响，车辆可以从先生像下直走。

《10年前重塑孙中山铜像的老领导、老专家再度建言——中山像安身何处多听百姓言》

（《南京晨报》2004年5月31日A7版）

建设一迁就走，回来的时候就困难重重或干脆不回来了，何谈保护文化遗迹？

现在看来，大部分市民还是希望孙中山先生铜像能回到新街口的。

那么为什么铜像如此难回新街口呢？

2004年6月2日，南京市政府有关部门负责人通过《南京晨报》表示：孙中山先生铜像何处安身这件事，政府已高度重视，现正牵头召集有关部门负责人、城建专家、近代史学者座谈研究孙中山先生铜像是否该回新街口的问题。现在这个问题引起这么多老百姓的讨论，充分体现了市民对南京这座城市的关注和热爱。政府在此事上的态度是积极和开放的，将在倾听多方声音的基础上，遵循依法的原则进行操作。由于这事牵涉到城市规划、地铁建设、南京近代史及海内外的影响等诸多复杂因素，政府要考虑的问题很多，需要充分考量，所以现在还没有形成最后意见。但一切都会规范操作，倾听民意，形成科学决策。

到了2005年，孙中山先生逝世80周年，公众要求回迁铜像的呼声又高涨起来："想想如果铜像从未搬走，新街口现在会是什么样？"

南京市人大代表、全国劳模、南京新街口百货商店党委副书记陶佩芬在南京"两会"上联名10人提交了第089号提案《让孙中山铜像回归新街口》。她感受颇深地说："不少外地游客特别是海外人士常问我，屹立在新街口多年的铜像为何没有了？他们希望能恢复这一标志性纪念物。"

随后，相关政府部门派人向她做了解释："虽然南京地铁1号线修好了，但马上还要修2号线，新街口的交通依然拥堵，所以现在将铜像迁回来还不是时候。"

九三学社南京市委员会副主任委员金光复认为：地铁2号线是采用盖挖顺作法作业，施工均是在地下完成，对地面建筑的影响并不大，应该不影响孙中山先生铜像迁回，也就是说在地铁1号线完工后就可以按政府承诺的外迁两年时间表按时迁回铜像。他在政协会议上提交了《关于在新街口重新树立孙中山先生雕像的建议》的提案：南京作为中华民国首都，孙中山先生作为历史上的重要人物，在他逝世80周年之际，无论是便于后人缅怀他的功绩，还是增强南京作为一个历史文化名城的历史厚重感，此举都极有意义。

南京市政协委员、市中医院护士长陈庆琳在这年南京"两会"上，代表市民革提交一份提案：按照搬迁伊始的计划，铜像在2年后就应迁回新街口广场。她说：“南京是中国近代史发端地和终结地，孙中山先生在南京创立国民政府，并在南京奉安，南京人民对中山先生有着特殊的感情。也正是这个原因，海内外华人很自然地把孙中山先生与南京联系在一起。孙中山先生铜像其实早已不只是新街口地区的标志性纪念物，更是整个南京市的标志性纪念物。”

东南大学建筑设计研究院吴明伟教授认为：如果把广场转盘改为色灯控制，再配以小区域的交通调整，就可以顺利解决所谓的影响交通问题。

许多民众表示：在外地人的心目中，新街口的孙中山先生铜像是南京的一个重要的文化地标，是南京的一张“名片”。铜像迁走了，不用说外地人，连我们南京人都感觉这儿缺了点什么。

2005年3月6日，南京市建委召开新闻发布会称：将在今年内制定方案，解决孙中山先生铜像重回新街口的问题。目前市城乡建设委员会已经向市政府打了报告，申请把孙中山先生铜像迁移回新街口广场，市政部门正在做具体的实施方案。

时间又过了一年，来到2006年。在3月的南京“两会”上又有代表提案要求“尽早回迁孙中山铜像”。5月9日南京市政府办公厅对提案答复称：在我市选择合适的地点重新安放孙中山先生铜像，对弘扬中山精神，增强民族凝聚力，塑造我市形象有着重大的意义。我市一直十分重视这项工作，已先后多次组织专家和有关部门进行论证。目前对安放有3种意见，一是新街口广场，二是大行宫广场，三是鼓楼广场。从论证情况看，各种意见都有一定道理。下一步我市将举行社会公示，在广泛听取市民意见的基础上，按照民主决策、科学决策的原则确定安放地点，并结合相关项目的建设予以实施 。

从答复的内容看，不是铜像何时迁回原址的问题，而成了铜像迁往什么地方的问题了。

社会反响又激烈起来：迁出时说得好好的，是因为地铁1号线施工需暂时迁出，答应2年以后就回来，现在过去5年了，又提出迁回地点有3个方案，还要搞什么公示。

东南大学建筑设计研究院副教授杨冬辉认为：鼓楼广场虽然宽敞，但迎回孙中山先生铜像就是为了符合原来的历史，讲究的是文化氛围，鼓楼广场从历史上来讲从无这方面的文化积淀，一句话：文化不契合。他还说：“其实这些争议和建议，早在此前政府内部召开的讨论会上都有提过，包括2005年大行宫广场设计的时候，就曾经想把铜像放在那里，那个广场也是我设计的，可是最终没有实现。”杨冬辉告诉记者，就是因为民众最多最强烈的呼声还是要求回归新街口。

《南京晨报》于2003年8月14日对孙中山先生铜像的安放地点曾做过一次社会民调，结果是：主张放新街口广场的占70.16%，主张放鼓楼广场的占12.90%，主张放总统府的占12.90%，主张放中山陵的占3.23%，其他占0.81%，主张铜像回迁原址的也是民意的主流。

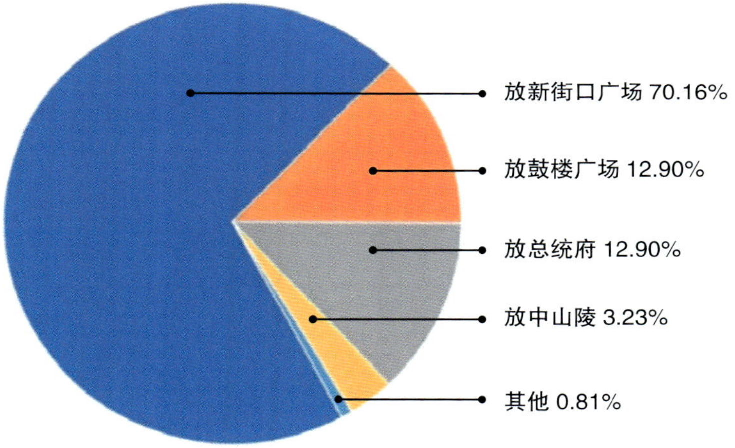

关于铜像回迁地的民意测验占比情况统计表

南大历史系教授方志光表示：10年前新街口在重塑孙中山先生铜像时，他曾经亲身参加了当时的社会大讨论，讨论的结果大家的观点已取得一致，重塑的孙中山先生铜像应当在新街口广场。正因为原来有一尊孙中山先生铜像，历经三个时期，已经深入人心，所以现在才要重塑，这是民心的问题，也是一个城市的标志问题。孙中山先生铜像已经成为人们公认的南京城市标志。海内外的华侨都知道南京新街口有尊孙中山先生铜像。

热心城市规划建设的“业余规划师”盖星石认为：新街口广场既是南京城市的中心，又是民国历史轴线上的轴心，是最引人瞩目的地方，也是塑造城市面貌、彰显城市形象、体现南京城市文化特色最重要的地方。而新街口广场的孙中山先生铜像一直是老百姓心目中新街口的形象标志，是南京城市的文化地标。

时间很快又过了2年，这2年中没有听到政府的声音，于是在2009年的南京“两会”上，议案再提，社会呼声又起。

民革南京市委见政府沉默2年至今，感到孙中山先生铜像回迁新街口广场已无希望，生怕以后就不提迁回的事了，退而求其次，迁回城内总比放在郊区要好，遂提出下列方案：今年正值孙中山先生奉安大典80周年，将有更多台湾同胞及海外侨胞来南京吊唁，尽快将孙中山先生铜像迁回城内安置，将有广泛效应。

民革江苏省委则建议：将孙中山先生铜像安放在鼓楼广场，同时更名为鼓楼博爱广场。

江苏省侨联也提出：鼓楼广场空间和视野较为开阔，中心花坛面积较大，放置铜像效果好，且不影响交通。

但广大民众仍坚持呼吁应当将孙中山先生铜像迁回新街口广场中心原址，他们通过媒体发出这样的声音：

“当初迁出铜像时向市民说好2年就回来，结果一走就是8年，也不给个回迁的承诺，现在又议论换地址，还要搞公示。”

“也许当年的搬迁就根本不应该答应，此事值得反思！”

“为什么8年前孙中山先生铜像那么容易就搬走，而8年后回归之路却遇到了这么多的问题？”

“如果铜像不是因地铁施工暂时离开，想想今天还会有人因交通问题提出来移走铜像吗？”

“自从铜像迁走，期盼和呼唤其回归的声音八九年来一直没有断过。”

“拖延长达9年不合情理，地铁1号线早已完工，2号线可以地下施工，地面完全可以恢复铜像。”

“新街口中心的孙中山像已映入全球华人的心中。”

“铜像已成南京标志，是南京的一张名片。”

“铜像已是新街口地区的‘魂’，只有商业没有文化不行。”

“很多外地人、海外归来的华侨到了新街口却看不到铜像，感觉失望和遗憾。”

“铜像已是南京文化的一部分，是历史文物，是重要的文化地标，是南京的一张名片，也是南京近代史的重心之一。”

“南京新街口孙中山先生铜像就是镇市之宝。孙中山先生铜像就是南京的LOGO（标志）。”

“近年来南京提倡建设博爱之都，正源于中山先生提出的博爱之意。铜像回迁，也让博爱之都多了一个物质载体。”

“这尊像投入的资源、审批的层级、动员的广度和深度、雕塑制作的精良等方面都说明铜像应回归原址。”

“值得反思的问题实质是：如何处理保护文物与城市发展的关系，到底是谁应该服从谁的问题。”

“问题是新街口广场这里原先就有孙中山铜像，且已历经汪伪、民国、新中国三个时期，后又由党中央批准决定重塑，并历经一年多的社会大讨论形成民众的共识，现在怎么就变成了要迁往别处的问题了呢？”

一些专家认为：“就历史意义而言，孙中山先生铜像是南京城近代历史的代表和象征，如今任何雕塑的价值都无法与之比拟。”

……

另外也有一些为避免交通矛盾的其他建议，如：

主张在广场上将孙中山先生铜像安放在架空的拱圈之上；

还有人提出借鉴巴黎旺多姆广场将孙中山先生铜像立于柱顶。

此外，孙中山铜像还经历了“抢夺战”。新街口广场周边的金陵饭店、德基广场、东方商城、新百，个个想把铜像摆在自家门口，甚至江北人民也想留下他（孙中山先生铜像当时存于南京江北的老山）。

决定回迁

2009 年 5 月 24 日，南京市政府正式决定将孙中山先生铜像迁回新街口广场原址，由市建委向社会公布：一是要求迁回原址的占绝大多数，且呼声非常强烈；二是当年是经党中央、国务院批准的，不宜随便更动；三是调整广场的布局，采取“优化道路，渠化车流”，以解决交通问题。

市建委通过媒体表示：其实我们并没有忘记当初的承诺，只是因为考虑到地铁 2 号线同样要穿越新街口，担心发生二次搬迁，再加上地铁施工受阻，工期延误，导致一拖就是 9 年。加之考虑到交通的矛盾，要与规划、城建、交通、设计等各方面专家反复商量，找出一个两全其美的解决办法，作为复建方案。目前正请设计部门研究，在中心岛直径与车辆通行间寻求最佳的平衡。

孙中山先生铜像五一前回归新街口

中心环岛直径由原方案 10 米扩大到 18 米

1996版孙中山铜像。(资料图片)

本报讯 五一前，南京市民又将在新街口看到离开新街口广场 10 年之久的孙中山铜像了。昨日，南京市政工程管理处就孙中山先生铜像回迁新街口广场改造项目开始对外招标，如不出意外，本月底工程有望动工。作为新街口广场复建方案的主要设计者，东南大学建筑研究设计院副教授杨冬辉接受记者采访时说，目前方案有所优化调整，原方案以孙中山铜像为中心，向外扩出直径为 10 米的环岛，而现有方案将环岛扩大到了 18 米，同时对道路交通组织方案也有所调整。

回归铜像是 1996 年版

历史上的新街口广场曾经先后安放过两尊孙中山先生铜像。第一尊铜像，为孙中山生前挚友、日本友人梅屋庄吉所铸，1942 年移至新街口广场。“文革”期间为避免被破坏，迁移到中山陵园管理处。第二尊铜像是 1996 年，南京市社会各界捐资建造，质地为青铜。

此次回迁的孙中山铜像为 1996 年塑造的，铜像还将像 10 年前一样，坐北朝南安置。

环岛对交通影响很小

记者了解到，经过政府部门征求市民意见，新街口广场复建方案做了一些优化调整。按照原有方案，拟以孙中山铜像为中心，扩出直径为 8 米的环岛，在环岛外围增加宽幅为一米的铺装道路，使整个中心最终形成直径为 10 米的环岛。同时周边景观以种植绿色植物为主，做到三季有花，四季常青。而现有方案为建设一个直径 18 米的环岛带。

环岛变大对交通会不会有影响？杨冬辉说，2001 年地铁一号线施工之前，新街口中心广场环岛直径达 50 米，而新的铜像回迁方案中，建成的环岛直径只有 18 米，对行车的影响很小。杨冬辉说，方案的设计充分考虑了现有交通状况，车辆在经过新街口广场时仍然是直行，只是对车道设置进行微调。

广场中心区域将封闭

记者从江苏省南京市工程建设项目招标公告中看到，孙中山先生铜像回迁新街口广场改造工程合同估算价为 1950.00 万元，前后需要 25 天的时间。从招标时间来看，8 日报名，12 日结束。

有关人士告诉记者，从时间节点来看，孙中山先生铜像回迁项目不出意外的话，本月底前工程有望开建，预计五一前完工。

据了解，目前新街口广场地下已经是四通八达，为了交通的安全和便捷，铜像回迁新街口广场后，广场中心区域将完全封闭，行人将通过建好的地下通道过街。为了弥补行人游客无法近距离瞻仰铜像的遗憾，方案计划在新街口广场的四角、行人可及的范围内，设置四块铭牌加以介绍。

（王宏斌）

《孙中山先生铜像五一前回归新街口》（《扬子晚报》2010 年 3 月 9 日 A9 版）

负责复建广场设计的杨冬辉是力主铜像回归原址的，他认为：“建设充满活力和现代化的城市商业中心，与保留和增强城市独特的历史文化氛围并不冲突。只要对广场车道做渠化优化处理，就可以做到回归和交通两相宜。”

最初设计师们考虑到交通因素，将中心岛直径由 50 米缩小至 10 米。后来经过进一步对广场车流的渠化优化，增加右转专用道，将东西两个方向的左转车流引入周边环路，中心岛可以由 10 米放大到 18 米，基座地坪升高了 1.2 米，这样铜像就进一步突出。

该调整方案通过 8 月 22 日至 31 日的公示，得到了社会认可后，市政府即委托设计部门在此基础上做具体的复建方案。

复建方案

建设单位：南京市市政工程管理处

设计单位：东南大学建筑设计研究院

设计人：杨冬辉

指导思想：不是单纯的铜像回迁，借机把南京市“心脏”地区新街口的景观做较大优化调整，解决交通拥堵矛盾，清理广场四周，使视野更加开阔，对新百、德基广场、招商银行、金陵饭店等门前绿化、道砖铺设、栏杆设置、小品景观、行道树种植、地铁出入口设置等都做提升。

设计方案

广场由转盘改为十字路口，由红绿灯控制交通，并在南北方向禁左转，改由周边道路绕行，右转设置专用道，使通行能力大大提高，中心岛基本不影响交通。

中心岛的直径，由原 50 米缩小为 18 米，喷泉取消。

孙中山先生铜像回迁后的新街口广场

基座地坪抬高 1.2 米，座高不变，基座 + 像高仍为 11.12 米，铜像显得更雄伟了。

基座维持长方形，但丰富了线条，更美观了。

基座上的像名原为繁体楷书、中英两种文字，现改为简体标宋，删除了英文。

绿化种植红枫、樱花、杨梅、香樟、桂花、红果、冬青等彩色植被，做到四季常绿，三季有花。

地下一层为成片连通的商业区，二层为地铁 2 号线，三层为地铁 1 号线，地面天桥已拆除，行人走地下，有 15 个通道与地面相连。

广场四角景观做较大调整，使之与孙中山先生铜像相呼应。

在广场东北角增设铭牌，方便游人了解铜像的变迁。

设置铭碑

回迁时增设了一块金山石铭碑，置于新街口中心广场内，铭文如下：

孙中山先生铜像回迁记

孙中山先生（1866.11.12—1925.3.12）是杰出的爱国主义者和民族英雄，中国民主革命的伟大先行者。

南京是孙中山先生推翻封建帝制，建立中华民国，开启中国历史新纪元的城市，也是先生奉安之地，以先生倡导的“博爱”精神为市民精神，被誉为“博爱之都”。

南京市中心新街口广场原有的孙中山先生铜像，系先生的日本友人梅屋庄吉于1929年捐赠。取先生演讲姿态，意在唤起民众。铜像高2.9米，重约1吨，1966年移置中山陵园，1985年安放于孙中山纪念馆前。

1996年，社会各界捐资重塑孙中山先生铜像于新街口广场，以先生1912年在南京就任中华民国临时大总统时形象为原型，取“奔走革命，即将出行”姿态，寓意先生呕心沥血，为实现中华民族伟大复兴贡献毕生精力。铜像高5.75米，重6.2吨，基座高5.37米，总高11.12米，坐北朝南安放。

2001年，因南京地铁建设需要，孙中山先生铜像从新街口广场暂时迁出。地铁二号线竣工后，经社会各界商讨和专家多方论证，重新设计新街口广场，谨于孙中山先生奉安81周年之际，特将此前迁出的孙中山先生铜像迁回原址，以供瞻仰。

铜像回家

2010年5月19日晚，阔别了南京新街口广场近9年的孙中山先生铜像正式回迁。前来瞻仰的市民激动万分，直呼：“太好了！太好了！终于又见到先生铜像了！”市民们用“魂归”来形容铜像的重返。

5月23日上午，天空飘着毛毛细雨，孙中山先生铜像回迁揭幕仪式在南京新街口广场隆重举行。副市长陆冰在仪式上说：“孙中山先生铜像曾在很长一段时间承担了南京城市灵魂窗口的作用。新街口作为城市中心，再次矗立孙中山先生铜像是博爱之都的充分体现。它将继续吸引所有敬仰孙中山先生的中华儿女更加紧密地团结起来，紧紧抓住时代赋予的机遇，勇敢担当历史赋予的责任，共同为实现祖国完全统一，实现中华民族的伟大复兴而努力奋斗。”整个仪式只用了8分钟，9点整结束。

回迁后的孙中山先生铜像

回迁理由

9 年来孙中山先生铜像回迁原址的呼声，终获各方的认同，确认了孙中山先生铜像立于南京城市中心新街口广场的应有地位，这也是笔者推迟 20 多年直到现在才动笔写这本书的原因。现将在铜像外迁的几年中见诸报端的民众提出的孙中山先生铜像必须回迁，回迁必须是原址的一些理由摘录于后，以飨读者。

新街口广场中心的孙中山先生铜像已深深地刻入全球华人的心中。

这尊孙中山先生铜像竖立在新街口广场是经过中共中央、国务院批准的。

这尊孙中山先生铜像是上千民众包括海内外华人捐资建起来的。

这尊孙中山先生铜像是广大民众、专家学者、民主党派及海外华人积极参与、出谋划策、齐心协力的心血结晶。

这尊孙中山先生铜像的方案是国内一流雕塑家集体设计的成果。

这尊孙中山先生铜像是全国一流雕塑家和铸造厂精心制作出来的。

孙中山先生铜像是新街口地区的“魂”。

新街口的孙中山先生铜像已成为南京城市的重要文化地标。

新街口的孙中山先生铜像已是南京的一张城市名片。

南京要打造“博爱之都”“中山足迹”，市中心不能没有孙中山先生铜像。

孙中山先生铜像已成为南京城市的文化特色之一。

对青少年进行爱国主义和革命传统教育需要孙中山先生铜像。

吸引海内外投资、促进南京发展需要孙中山先生铜像。

促进祖国统一需要孙中山先生铜像。

离开 9 年，回归呼声始终不断，说明这是民心所向，民意所归。

铜像回迁竟长达 9 年的主要原因，是在指导思想上没有弄清谁主谁从的问题，实际最后回到这个思路上很快就找到了答案，用不着消耗这么多的社会成本。

第十三章

参与者大名单

本期话题

南京新街口广场

搬走"金钥匙"

省电力研究所王树：我的一些外地朋友来宁观光，对新街口广场"金钥匙"颇多微辞，都认为"不伦不类"，难以体现古都特色和名城风貌。朋友们一致建议重树孙中山铜像以取而代之。

营造两种氛围

南京虎踞关21号盛静涛：新街口广场的美化，我认为要重点营造"历史名城"和"国际化大都市"两种氛围。

具体说，一是在广场周围竖起南京指南标牌，介绍南京的发展概况；二是在环形天桥建起美观的中英

审批者

中共中央办公厅、国务院办公厅、原建设部、原文化部、全国城市雕塑建设指导委员会

中共江苏省委、江苏省政府

中共南京市委、南京市政府、南京市建委、原南京市规划局、南京市市政公用局

省市领导

陈焕友、郑斯林、罗志军、顾浩、胡序建、王宏民、潘寒操等

领导小组及办公室

周学柏、林选才、戴永宁、翟慎圣、钟加复、郑玉玺、韩恩泽、田涛、唐兰娣、陈忠、孙德龙、裴广柱、孙盛宇、袁肃、李留成、傅娟、金勇军

“广场改造评委会”

齐康、麦保曾、丁公佩、叶菊华、沈国尧、陈铎、陈福瑛、姜虹飞、王宗唐、徐大陆、赵完璧、王励前、叶宗镐、冯健亲、张祥水、张鸿雁、蔡鸿源、李祯祥

“雕评委”

程允贤、徐天敏、叶宗镐、章永浩、曹凤池、阮雍崇、张祥水

江苏省民主党派

杭树欢、柴恭让、杨木青、郑建和、臧克勤、吴支超、胡国瑞、孙国治、邵容光、戈琳、孙载坚、龚容芬、陶可立、茅庆如、陈神民、史子浩、邵丽参

南京市政协

王励前、伍开友、沈道齐、夏臻瑛、翁品光、王振华、于基汾、蔡海金、姚国瑞、张伯兴、庄一鹏、龚惠庭

南京市民主党派

刘国权、尹树人、周焕华、汪遐义、郑际烈、叶家龙、陶基振、孙南雄、柏美林、颜健建

专家学者和企业家

徐梁伯、戴广文、徐斌、王恒、杜修春、刘克安、龚超群、孙继宝、方之光、孟健、高小康、杨山、杨爱春、倪建国、孙载坚、龚容芬、张权、吴之超、卞咏梅、张宪文、万仁元、翟国璋、杨振亚、童傅、李蕾、杨帆、秦峰

广场改造方案应征者

宋显东、雷宁平、林宁生、吴伟、王玮、陈绳正、张卫民、程晓平、孙家彬、丁绍刚、冯阳、苏立群、杨金强、冯立、吴荣、宫强、陆有志、周树民、周安庆、大德电子数控公司、南京石＆春事务所、张学彪、孙永吉、樊元三、欧阳平、石寿林、杜建雄、林元龙、潘元、王爱丽、夏京生、揭丽华、封明诚、张维彬、盛进、周传顺、鲍道军、伍宝林

孙中山先生铜像雕塑方案应征者

戴广文、罗世平、杨健强、苏立群、王爱丽、张维彬、陈学义、陈绳正、孙家彬、吴显林、郭其祥、潘锡柔

广场杆线管网施工者

南京市公交总公司、南京电信局、南京供电局、原南京军区、南京空军司令部、江苏省军区、南京市自来水总公司、南京市煤气公司、南京市排水管理处、南京市公安局、南京市市容委

广场主体工程建设者

戴广文、南京佛光艺术制像厂吴仙学、东南大学建筑设计研究院孙钟阳和杨冬辉、南京市市政设计院、安徽阜阳建筑工程（集团）总公司南京分公司、江苏省机械施工工程有限公司第一分公司、南京市第二建筑安装工程公司、南京工苑建设监理公司、南京市市政工程管理处、南京市排水管理处、南京市路灯管理处、南京市建邺区绿化管理所、南京市自来水总公司、南京恒子音乐喷泉工程有限公司、南京鸿达不锈钢制品有限公司、南京市五矿建材厂、苏州富丽达五金电器有限公司、广西岑溪县钟银石材工艺厂、南京市市容委、新街口广场改造工程初步施工方案设计者鲍承相等

信业杯获奖者

汪冰石、范良、赵国勇、宋健明、周海鹰、伍和员、唐春燕、翁天禄、张权、华定智、杭树欢、韩工、戈玮、吴支超、刘富安、周传顺、史忆中、张省清、陆江淮、梅海仁、周安庆、陈绍吉、裴俊才、雷宁平、薛文涛、陈建平、汪德修、周理兴、奚兆永、藏克勤、孙国治、吴怀成、贾德成、金端祥、博文、李岩、严军、吴先生、宣云林、龚容芬、杨东生、沈石龙、张玉衡、徐伟建、李维庆、毕鸿章、卢福毅、刘宗意、章洋、孙载坚、宗言、王葆棋

单位及集体捐款者

民航江苏省管理局、中山陵园管理局、严敦光等 5 人、南师附中高二（6）班 48 人、民革南京市委员会及个人 67 人、南京信业集团股份有限公司、黄埔军校同学会扬州联络组 14 人

个人捐款者（因有些签名难以辨认，下列名单可能与实际姓名有出入）

章士金、李孔玮、李家华、胡晶晶、冯慧通、苏慧莲、冯幼莲、刘桂庆、沈学玺、周倜、焦乃文、邹文轩、阮风、魏愉同、张纪龙、王冬朔、董超、伊世平、吕正本、汪厚昌、周瑞柸、薛文涛、莫松奇、曹磊、魏烜、朱云龙、叶新国、章瑞娟、

陈桐、张永萍、王静、陆永智、仲淼、吴肸、周锥梧、胡晶晶、吴宝芳、胡文燕、胡金山、许广荣、胡红、胡静、胡春林、胡万清、胡倩、程康俊、崔文文、许敏、王冠、潘璐、王静之、陈浩、王思瑛、袁云阁、李世根、童秀莲、吴心海、吴涛、郭睿、潘钰、焦中、郭惜曦、孙安平、贾文晶、张青松、汪洋、张阳、沈克淇、陆长来、方俊、銮士张、李大新、李亚娟、花伟、徐江东、公新明、汤中原、魏轶宸、仓健、许和根、李翔、一市民、吴小洁、孙珠嚅、孙健成、闵界栋

南京市逸仙小学捐款者

教职员工

徐洲、王祝平、常素、赵迈、张景行、缪燕燕、王玲、郭方青、戎超奇、张文秀、马锦华、王跃进、张影、徐燕、汪玲、孙风娣、胡玉贞、陈洁、张健、陈梅珍、齐之俊、周平桢、李传珍、孙织、王凤兰、徐海燕、李德隆、林莉群、周晓梅、侯爱月、韩俊蕊、刘素英、王录贞、林大敏、马涛、刘长慧、李华、李群、骆伟、殷炜、杨正梅、华玉珍、周玉英、陈淑、蒋财保、沈凤

三（1）班

江月、吴路星、李亚娜、许子度、张文治、桂一、常跃、黄天放、季岩、周龙、张璟、王晶、吴迪、钮聂、苏珊珊、徐昳、聂昊、姜帆、黄涛、南晞、张璐、蒯燕婕、范嫣、谢钊、杨溪、贾玮、徐珊珊、徐倩、张帆、刘舒婷、张勇、靳星、吴定晶、张榕、仇芳芳、胡阳、吴洪俣、付鼎、陈佳佳、叶扬、陈磊、杜伟、孟瑶、顾呈伟、甘鹏远、姚旺、田甜、朱莉、沈刘莉、胡佳

三（2）班

张超、张小闻、谢芳、方雪娇、苏斐雅、赵世璁、刘莉、郑玉婧、刘研、董娜娜、王琪、杨菱、彭星月、赵亮、吴双、伍珺辰、曹雨桐、刘阳、姚城、李笑、任梦宇、严晓帆、莫畏、徐泳、胡菲、陈雯欣、孟飞、黄晓迪、陈昕、孙筱、仉布雷、沈琳、李垠、张千欣、潘诺、王猛、顾晓苑、吴洋、刘铭、郑倩、冯焜、张慧、高琰、王欢、郑倩、尹健一、邢雪、林溪、王伟伟、钱亮、刘刚、王宇坤

三（3）班

陈婷、钱勤、徐坤、张磊、杨亚焜、张卉、陈昱宇、陶莹、赵飞、贾慧宝、窦祥、李菁、钱宇宁、陈宇明、王南南、孙婧、张静、颜翔宇、吴姝、吴倩、李钥、王康、周旭洋、张晓梅、郁凡、王腾、成云、苏蕾、廖珺、孙青、宋子辰、杨颉、杨楠、高阳、陈杰驹、陈熙、徐菁媛、王子衍、赵钧若、钟一、冯钰、王莹、宗洁、沈凤婷、刘宇、周锐、黄捷如、湛煜珊、成熠卿

四（1）班

丁楠、吴宁、张钥、李娟、解韵坤、孟思喆、刘露婷、李睿涵、方远、何文婷、汪洋、陈立君、吕啸、陈晶、朱婕、李子、贝飞、周海青、徐之寅、丁聪、王璠、张岳同、汪超、朱辰成、罗婧、陈晓莉、张玉超、卢熹、张驰、焦莉娟、姚丽敏、朱小倩、霍霄霄、杨钢、黄欢、孙智宁、俞昭洋、杨洋、张健、潘翔

四（2）班

杨茜、路畅、王泽睿、李剑、张琼、腾飞、邵均、石怡、葛锐文、左丞、曹静娴、魏丽云、朱杰、高悦冰、车俊、田原、王亦佳、陈曲、史清亮、龚丽、颜婉丽、余垚、赵寅申、印蕾、杨宇超、童京慧、郭磊、杜璠、徐瑶、耿洁、张宇飞、沈洋、张乐、林娜、王添翼、江思茜、徐亚坤、吴上扬、卞雯、胡洁、余舒沙、王译旻、耿扬、谢鑫

四（3）班

许智、张戎波、赖炜、吴昊、朱佳轶、张欣、牛浩、高超、秦天、曾辉、赵森、杨晨、杨帆、顾寒友、刘礼阳、刘都都、陈思睿、郑兴华、赵若斯、周晓亮、徐华、邱妍、朱丽莉、夏秋媛、莫琼、黎红、程然、李茜、蔡丹枫、王冯冯、史皓怡、谢璐、梁莺、丁岚、刘莹、张李梦、李思琦、马姗姗、龚丽雯、朱君、傅晓、袁天慈、薛白

五（1）班

陈洁、朱江、严琰、朱方、陈媛、徐莹皓、陈伊莎、苏海、高翔、赵乃静、王寅玮、魏媛、尚晨、罗斐、孙凯、周宁汭、燕飞、徐婷娟、王晓轩、杨璐、陈燚、姜彪、曹亮、陆达、杨敏、朱乐川、赵璐、包钺、纵明明、周睿、陈宁、张明、廖韵澄、

朱庆虎、林娴、杨成成、陈璐、俞舟、盛婷婷、刘谷子、杨波、李超、张玮嘉

五（2）班

张旭媛、秦静、薛伟、姚莹、宋骄、崔兆华、虞婧、王欢、王蓉、梁霄、王冬、郑师文、杨盛薇、刘睿、马盈、王伟、周亦斌、施慧、胡寿康、杜文瑜、杜文珏、张潇潇、范毅、陈志云、魏昳茜、周蓉、周静、张文、杨丽、韩娴玉、张婧、宋涛、周云帆、杨芳、黄海涛、沈滋璐、李海英、严媛、徐波、仇乐然、彭帆、陆遥、吴晓、沈露珺、刘佳、顾雅蓉、蔡俊、姚健、吴崔凯、余勇、王菁、张慧、李媛、徐辉、赵文、黄大海、陈萍、吴梦颖、刘沁、徐宁、王刚、韩荣、唐跃秦

五（3）班

徐谦、宫茜、彭希、刘莹、王罕、许然、余小奇、杨帆、钱慧萍、汪洋、彭青、王晟、杨莹、吴子牛、吴轻舟、徐品政、周思颖、周天、王维麃、李诚、马家驹、成蓉、邵波、许军、宁俊、吴婷婷、洪晨、李悦明、李彬、高雯、王思鸣、陈晶晶、李继轶、路之逾、陶武妹、李凡、叶军、吴波、仇晓舵、褚福宁、郭悦、高胜楠

六（1）班

马莉、周亚文、胡娜、谢梦匀、朱砂、姚莉、常红、汤新宁、方潇、张秋月、陆婧、江文思、杨静文、谷菡子、章婷、蔡旻姝、袁媛、李洁、杨文涛、郭海超、朱希、余文秋、谢佳帅、周小恺、吴启亮、陈在超、周忻、沈亮、张立、胡恒伟、高新睿、蔡斌斌、张明、徐开锴、王屹、陈烨

六（2）班

丁鹏、陈博怡、陈干、綦飞、宋太平、周颖、尹望、陆谦、朱冰、童岑、王良、刘涵、马剑、史宇涵、石泉、楼雅天、王荦、庞宗睿、陈骢、张嵘、王海娴、王媛、钱敏、王蕾、候文娟、盛思思、于俊、闫妍、李婧、张晓悦、高婉苏、叶红叶、金艳燕、郭甜、贺小雪、徐晓嫄、郑欢欢、孙燕、张雅珺、徐洁

六（3）班

潘骏、邹陈成、鲁晨、谢濛、龚玮、李霖、盛健、方沁、刘旭海、张婧、陈功、黄亿亿、刘翰青、沈亚岚、刘牧原、马菡子、张越、张娴、邓蒙、徐佳、吴皓、张静、杨翔、林婧轶、印琳、王婷婷、马延宁、郝达雯、王奇、王杨、张涛、颜慧、

季可、顾雪蕾、徐琦、朱艳芳、蔡家佳、薛未

六（4）班

刘佳、赵婷、张茜、吴立斌、于洋、赵莉、仉梦丹、张俊、陈上、沈琦、孙乐乐、牛佳、孙菁、刘姗姗、杭玮、姚鸣、傅晨、马祖凯、魏羽亮、王蕾、徐百慧、陈勇、祁迪、张洁、万娟、高潇潇、卢山、朱劼、陈健、马洁、王露、张环宇、吴东亮、张勤、王磊、张朱峰、马翰驰、余艳、徐子佳、高原

捐赠工程者

南京佛光艺术制像厂、南京市市政管理处、南京恒子音乐喷泉工程有限公司、安徽阜阳建筑工程（集团）总公司南京分公司、南京供电局、南京电信局、南京大地建设（集团）有限公司、南京鸿达不锈钢制品有限公司、南京市排水管理处、南京市第二建筑安装工程公司、江苏省机械施工工程有限公司第一分公司、南京市路灯管理处、南京市公安局

捐赠材料者

南京市自来水总公司、南京市五矿建材厂、广西岑溪县钟银石材工艺厂

捐赠劳务者

戴广文、范良、东南大学建筑设计研究院、南京工苑建设监理公司、周谊良、南京市市政设计院、阮雍崇、徐梁伯、沈乃璟、潘景晴、陆林华、高耘、卢海鸣

其他模式捐赠者

高杆灯柱广告媒体、江苏天时广告商务有限公司、南京晨光集团公司、南京佛光艺术制像厂、南京金钥匙礼品制作有限公司、南京市集邮公司、江苏翻译社、南京造币厂、南京银艺礼品实业有限公司、南京表壳厂

来电来信来访者（以时间先后为序，因有些签名难以辨认，下列名单可能与实际姓名有出入）

谭兵、张建成、张抚生、薛文涛、贾德成、史忆中、庞金、杨茂恒、赵中秀、沈洁洁、蔡英俊、扬州职大一职工、李盛超、陈云波、吴怀成、周乃旺、周传顺、陈建平、张绍明、袁强、郭兆成、詹夫春、进斌、卢树新、刘卫东、申珊、李成心、郭荣举、谢长鄂、张维彬、程晓平、李伟、王贵江、王德伟、庄磊、丁绍刚、许生义、汪宗维、崔思灿、潘仲炜、王雷辉、张云峰、李雷、赵相达、王伊露、陈明群、于建忠、徐双根、周定成、许俊杰、程家骏、钱汇群、汪德修、东南大学一教师、李巧平、郭俊丰、韩宝利、陈森、唐开林、乔云、高红礼、王平、金桂华、徐迎春、王永举、谢代云、陈明、马群章、沈利、陈晓东、何健、蒋维虎、李安珍、李鼎荣、沈志功、郭永元、陈宽强、郝耀武、田晓波、邓程、晏光祥、施福、郭庆义、石玉庆、田鑫、张立、孙永吉、李浩年、刘长江、韦文能、苗亮、闫付、卢海滨、陈满昌、冯明杰、张桐林、王颖、商从兵、宗乐铨、四川江津市（今重庆市江津区）一市民、郑觐、孙红军、韦力、胡振武、甄梦新、陈良建、李彦刚、王翊、宋显东、梅雪、梁材、刘富安、张新锋、陈伟红、雷宁平、葛体善、盖金山、崔思灿、苏诚基、陈羽佳、宣云林、刘宗意、南京白下区（今秦淮区）一市民、潘建新、宋健明、金瑞祥、赵启忠、玉树、钱玉清、纪明九、张玉衡、王葆镇、孙建军、潘俊、李立文、周融观、葛敬辉、盖克文、徐伟建、顾国木、刘威威、王欣、汪广德、陈关良、王林友、曾先华、俞亚那、段康建、王维明、毕鸿章、杨东生、寿魅成、杜克成、张明磊、华定智、陈绍吉、张权、江苏镇江一电厂宋姓职工、戴维龙、孔祥旗、张正根、查进喜、黄建军、卢福毅、程中华、南京一梁姓市民、韩工、裴蓓、伍宝林、高黎烽、裴俊才、陆江淮、唐春燕、邱明、虞孝吉、熊永惠、陈负贵、郭超战、尹其昌、严军、刘庭瑞、董有道、段根平、阎苏南、周理兴、王福春、乔梁、王继兴、卜振清、苏挺英、张玉衡、石寿林、徐伟、徐景坡、梁春汉、鲍道军、李连群、陈斌、谢剑华、潘庭玉、朱永明、云舟、沈士蕙、赵天然、郑召悌、杨群山、樊元、吴彩军、梅海仁、陈海、樊野村、彭沛良、游迎五、王艳、蔡明、郭继烈、高长煦、管康智、吴志康、张祖良、毛开明、周云龙、兰燕、孙国泰、田宝林、赵敏、杨敬国、朱均基、沈骑、一批《扬子晚报》读者、周祥胜、张志艺、张国忠、张建华、杨正卿、沈石龙、李清、史明、张德学、“河流”、许景明、薛贤君、王健、黄龙骧、王葆棋、刑国政、朱贤俊、蔡银美、周以杰、伍和员、张迈、曹元孝、樊元三、顾小兵、蔡建良、贾建中、章纪祥、毛华俊、曹大卫、沈贵平、谷万中、杨兴基、黄宁、李益民、毕华、吴北成、刘小兵、戈海燕、李有钧、南京水科院瑞迪公司一职工、周烨、孙仁懋、章利民、韩森、李晓宣、高勇、李庆福、方明军、陈平、孙俊人、南京市高淳县（今高淳区）一市民、上安、涂征远、田星水、朱孝义、戴顺战、黄德祥、李炬金、张星、韦润翔、鲁以志、刘平玲、周平波、殷君卿、于雷、赵国勇、邵效国、张学义、陈景亚、卜振清、钱钟、包据然、范光辉、善举、张秋亭、邢国政、魏仁林、侯长兴、李书平、刘同来、李俊杰、郭明光、仇玲、星更、朱冬波、南京一市民、周康、周琛、蒋伟东、吴继尧、朱海齐、沈阳、沈映华、张世文、戴庆忠、姚超伟、潘志坚、张辉、文勤、韩鹏、于建飞、中科院南京古生物研究所一职工、吉战泉、张明亚、沈凯宁、沈桂岚、陈连武、郝耀武、鲁俊、张亮、薛道周、刘人全、黄茂玉、刘富安、经明霞、吕忠、鲁娟、张蕴、严子文、83 岁的老南京、马华新、马维胜、李斌、肖晓、章洋、胡晶晶、于文矿、汪庄成、夏仁标、苏跃、王国祯、晓照、胡鹏、陈桂存、张斌、周海鹰、奚兆永、李盛起、彭爱霞、李继叶、朱波、缪莉、江苏省武警总队李姓干部、博文、李岩、黄桂清、丁瑞卿、赵雹、赵零、李世根、顾协群、张权、范洲衡、张永熙、施宪章、翁天禄、浦荣兴、原鸣明、贾榴香、张连莹、陈郎辉、通州一农民工、扎鲁、赵静娴、孙荣祥、陈绳正、徐庚生、李小村、王克庆、人行南京分行一李姓员工、戈玮、王贵录、李为民、王意成、吴鹤林、李广军、丁常林、褚明玉、曹裕铎、万世林、一位苏北农民、顾双柱、江佩绅、陆志任、张曹龙、黄信、周和平、陈光辉、龚怀进、史复亭、梁尚人、周建军、刘擎东、缪伟、季建南、李培广、韦铭、吴松延、倪志新、马培军、陆效军、方休、郭罡、徐琛、郝勇、薛兵、沈雷、曹介森、窦靖江、黄高生、虞根网、王国安、谢卫东、王征、杨海鹏、宏宇、李江、文蔷、赵存志、陈卫国、谈者、朱华、许长兰、张维月、朱淦、瞿国梁、张金根、王励前、葛明达、郝承昭、李自明、刘湘春、管君翔、岳汝勇、姚国瑞、庄一鹏、胡焕奇、苏天渝、陈梓兴、许炯、筱毅、

秦魁成、徐德洪、梁寿汉、潘强、钱雁群、王维钢、李云韦、曲忠、经帅烽

新闻媒体

人民日报社、新华社、中新社、中国建设报、经济日报、文汇报、新华日报、扬子晚报、现代快报、南京日报、金陵晚报、服务导报、南京晨报、南京市场报、中央电视台、江苏电视台、江苏有线电视台、南京电视台、南京有线电视台、江苏人民广播电台、江苏经济广播电台、金陵之声广播电台、南京新闻广播电台、南京经济广播电台

孙中山先生亲属

孙女孙穗英及其夫林达文、孙子孙治强及其妻林伦可、孙女孙穗华及其夫张家恭、孙女孙穗芳、儿媳弟陈志昆及其妻黄寿珍和他们的女儿陈燕、女婿卓贵添

管理维护者

南京市市政管理处、南京市排水管理处、南京市路灯管理处、南京市建邺区园林绿化管理所

第十四章

大事记

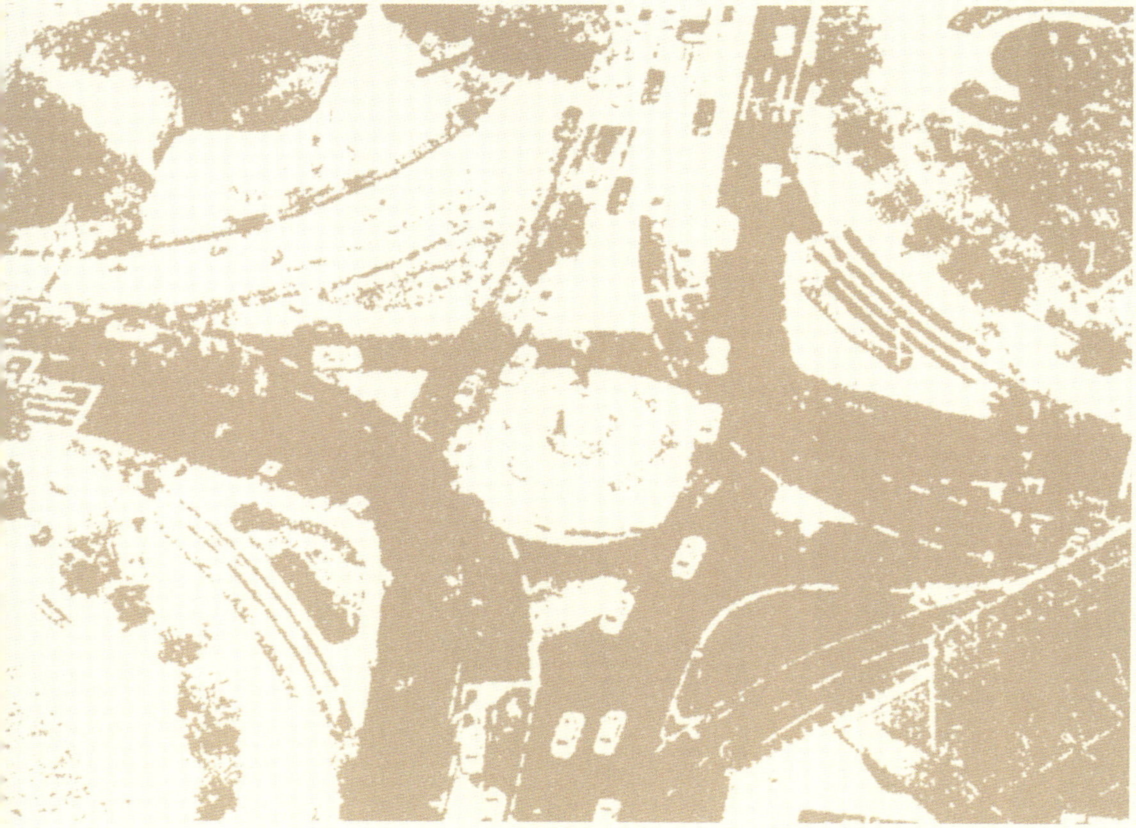

第十四章

大事记

年	月	日	事　由
1866	11	12	孙中山诞生于广东省香山县（今中山市）翠亨村
1925	3	12	孙中山在北平（今北京）因病逝世，享年59岁
1926	7	9	国民政府开始北伐，自广州起兵，1928年12月29日实现形式上的统一
1927	4	18	国民政府定都南京
1928			梅屋庄吉不惜变卖家产，请雕塑家牧田祥哉创作，筱原金作工场铸造，以中山先生演讲姿势为造型，共铸造铜像4尊，每尊高2.9米，重约1吨
1928	8	12	中山大道（中山码头—中山门）动工
1929	3	5	梅屋庄吉夫妇护送孙中山铜像至南京，然后暂存中央陆军军官学校院内
1929	5		中山大道一期（中山码头至中山门，仅车行道）建成，规划路幅40米，三块板（机动行道、非机动车道、人行道）布置
1929	6	1	孙中山先生奉安大典
1930	7		新街口南至中山南路桥大道建成，命名为中正路（今中山南路），广场绿化和照明进行改造，人行道加设木护栏
1930	11	12	新街口广场开工
1931	1	20	广场完工，命名为新街口广场，为100米×100米外方内圆形，中心岛直径50米，被誉为中国"第一广场"，《首都计划》将此规划为商业区，南京商业中心逐步由夫子庙北移到此
1935	6		为提高国民防空意识，国民政府举办防空展览会，制作巨型炸弹模型，高12米，直径2米，竖于新街口广场中央，以警示国人

1937	12	13	日寇侵占南京
1938	1		拆除炸弹模型，中正路更名为复兴路
1942	11	12	孙中山先生诞辰76周年之际，汪精卫为美化自己名声、与重庆的国民政府“争正统”，将南京中央陆军军官学校内的孙中山铜像移至新街中广场中心，面北而立
1945	8	15	日本无条件投降
1946	5	5	国民政府由重庆还都南京，新街口保持原状，将复兴路改回为中正路
1949	4	23	南京解放，新街口广场及孙中山铜像仍保持原样
1954	10	1	在广场中心岛的孙中山铜像背面加建一高约9米牌楼，作为大型集会游行主席台
1957	10	1	广场中心岛的牌楼三面加建检阅台
1966	8	28	“文化大革命”爆发后，有人以“破四旧”为名欲砸毁孙中山铜像，根据国务院指示，中共南京市委将铜像转移至中山陵园管理处保护
1966	11	12	为纪念孙中山先生诞辰100周年，将牌楼拆除，恢复广场原貌
1968	6		根据周恩来总理指示，将铜像移到中山陵广场南端鼎台上供游人瞻仰
1985	3	12	孙中山先生逝世60周年之际，中共江苏省委决定将孙中山铜像正式安置于中山陵藏经楼（当时正在改建为孙中山纪念馆）前基座上，长期存放
1989	6	1	藏经楼改建为孙中山纪念馆，正式开馆
1989	9	30	新中国成立40周年前夕，广场竖起“金钥匙”雕塑
1994	9	5	省市领导经多年酝酿，决定在新街口广场重塑一尊新的孙中山铜像
1994	9	11	通过报纸媒体设置专栏《市民茶座》，向社会征求意见，至1995年3月11日的6个月中，共收到各种意见和建议1000余条

1994	11	5	南京市政府决定由南京市市政公用局负责组织实施，南京市建委下文立项
1994	12	26	南京市政府向全国发布《关于征求南京市新街口孙中山先生塑像及广场改造方案的通告》
1994	12	27	南京市市政公用局发布《新街口广场改造方案征集简章》
1995	1	14	重塑办收到本市台胞章士金的第一笔捐款50万元
1995	1	25	成立“南京市新街口广场改造工程领导小组”，下设办公室（统称重塑办）
1995	2	10	南京市政府向全国征集塑像方案，以选聘雕塑家
1995	2	24	领导小组第一次会议，明确指导思想、工作框架
1995	2	28	南京市市政公用局、市文化局联合报省城雕委，申请立项
1995	3	7	重塑办发布第一期工作简报，明确本项工程性质为融市政建设、政治影响、经济内涵、文化意义、旅游效益于一体的综合性工程； 重塑办收到来电、来信360件，接待来访100多人次
1995	3	10	收到应征广场改造方案37个，有效方案35个，其中：南京29个，外地6个（沈阳2个，郴州、宜昌、呼和浩特、济南各1个）
1995	3	12	重塑办负责人现场接收南京市逸仙小学师生626人的捐款4832元
1995	3	17	建设部批准立项，同意“更名改建新街口广场为中山广场，重塑孙中山先生纪念像”； 成立“新街口广场改造工程方案评审委员会”（简称“广场改造评委会”）
1995	3	21	“广场改造评委会”在汉府饭店闭门评审，通过四轮无记名投票，决出：二等奖1名，为9号方案（作者孙家彬）；三等奖2名，为11号方案及6号方案；一等奖空缺
1995	3	30	南京市规划局批办新街口广场改造工程规划设计要点，划定规划红线

1995	4	21	中共南京市委、市政府联席会议批准以9号方案为基础进行广场施工图设计
1995	5		重塑办组织对铸造厂定向议标，先与南京晨光机器厂商议无偿承制铜像，未达成协议，后与南京佛光艺术制像厂商议，该厂同意无偿承担所有相关塑像制作，与其签订正式合同
1995	5	2	成立“重塑孙中山铜像雕塑评审委员会”（简称“雕评委”），共7人组成，徐天敏任主任委员，叶宗镐任副主任委员，程允贤、章永浩、曹凤池、阮雍崇、张祥水为委员
1995	5	9	征集雕塑方案和雕塑家截稿，有12人应征，征得小样15尊
1995	5	10	“雕评委”进行首轮评审，认为应征水平总体偏低，建议邀请国内著名雕塑家5人入围参与竞争，重塑办予以支持
1995	6	10	南京市新街口广场改造工程领导小组审议，通过东南大学建筑设计研究院教授孙钟阳的设计方案，确定“简洁明快”的风格，中心岛直径为50米，孙中山塑像高约5.5米，基座高3.8米
1995	6	26	在南京虹桥国际化工展示中心举办“广场改造设计方案、应征作品及首轮应征塑像模型”展示会，有关领导、专家及社会各界逾千人参观，同时举办座谈会，征集到许多宝贵意见
1995	7	28	广场改造工程全面开工，安徽阜阳建筑工程（集团）总公司南京分公司中标承建
1995	8	1	市长王宏民主持市政府办公会，要求供电局保证广场改造工程的用电，费用由市里承担，并对广场改造工程的进展表示满意
1995	8	8	完成广场土建正负零以下工程：管线预埋、喷泉水池、雕像基础
1995	8	14	由副市长林选才主持，邀请省民主党派、社会团体和各界专家座谈，由重塑办通报情况，听取意见
1995	8	24	“雕评委”进行第二轮评审，认为5位雕塑家0.7米高的孙中山塑像作品全部可以进入下一轮1.2米样稿的竞选

1995	9	5	南京市政府决定将广场中央的“三把金钥匙”雕塑迁移出广场，安置在南京交通技工学校内
1995	9	22	新街口广场改造工程按中共南京市委、市政府要求如期完成
1995	9	28	按 1 ∶ 1 实体大小，在新街口广场中央安放一尊孙中山玻璃钢塑像，高 5.28 米，重 1.5 吨，公示一年，朝北、朝南各半年，以征求广大公众意见，也为迎接 10 月 22 日至 30 日全国第三次城市运动会。该像由雕塑家戴广文先生无偿创作，南京佛光艺术制像厂无偿制作
1996	2	17	中共中央办公厅、国务院办公厅下达《关于严格执行建立纪念设施有关规定的通知》（中办发〔1996〕5 号），按通知精神，南京新街口广场重塑孙中山先生铜像必须由党中央、国务院批准
1996	3	11	“雕评委”进行第三轮评审，从 4 尊（1 人因故主动退出）高 1.2 米稿件中选出 2 尊，戴广文、郭其祥胜出
1996	3	12	将广场玻璃钢塑像由朝北（已放半年）转向朝南再放半年，继续听取公众意见
1996	3	28	南京市政府下文确定戴广文中选胜出。要求按“雕评委”意见，在吸纳其他作品优点的基础上放大雕塑 2.0 米小样，供审核
1996	4	20	根据“雕评委”对塑像原型、衣着、姿态等要素的设计方案，由戴广文创作的 2.0 米样稿完成，经专家评审，基本认可，遂即报请省市领导审查定稿
1996	4	25	中共南京市委、市政府领导一一分别审视后，又请江苏省人大和政协等有关专家型领导审视，均获认可，遂决定依此由雕塑家戴广文创作高 5 米以上的大样
1996	4	30	雕塑家戴广文吃住在南京佛光艺术制像厂，经 135 个昼夜创作，至 9 月 12 日，基本完成泥塑稿大样，像高实测为 5.75 米
1996	5	13	南京市新街口广场改造工程领导小组办公室报南京市政府，请求按中央通知精神将“改造新街口广场，重塑孙中山铜像”的报告上报中共中央、国务院审批

1996	7	9	“雕评委”前往工厂对泥塑大样审核，提出雕像的衣纹还不够逼真自然。重塑办遂请李顺昌服装店的裁缝做大袄，由笔者做模特穿上，供戴广文观摩修改
1996	7	16	南京市政府报江苏省政府，请求批准“改造新街口广场，重塑孙中山铜像”的报告
1996	7	21	新街口广场改造工程领导小组组长、副市长周学柏及重塑办主任郑玉玺，前往厂区，对泥塑稿作审查
1996	8	6	江苏省政府报国务院，请求批准“改造新街口广场，重塑孙中山铜像”的报告。因时间太紧，重塑办主任决定亲赴北京向中央报批，8日启程
1996	8	18	全国城市雕塑建设指导委员会依据孙中山泥塑稿大样照片，会同文化部审查后提出局部修改意见，通知南京修改
1996	8	19	按照要求补文：江苏省人民政府报国务院办公厅《关于在南京新街口广场重塑孙中山雕像的请示》（苏政发〔1996〕97号）
1996	9	13	戴广文泥塑大样修改完成，实高5.75米，“雕评委”徐天敏等5位评委前往厂区现场进行评审，基本认为，只需稍做修饰后，就可以进行立模浇铸
1996	9	14	南京佛光艺术制像厂开始给铜像制模
1996	9	24	铜像开始浇铸
1996	10	3	重塑办关于基座上“孙”字使用繁体的请示，南京市政府批复：同意
1996	10	6	经党中央、国务院批准，同意在南京市新街口广场重塑孙中山铜像
1996	10	15	铜像浇铸完成
1996	10	20	新街口广场孙中山玻璃钢塑像展示完毕，共收到意见108条，塑像移往中山陵中山书院永久存放
1996	10	29	孙中山先生铜像拼装成形

1996	11	7	由重塑办主任郑玉玺牵头，“雕评委”专家曹凤池、张祥水、阮雍崇，雕塑家戴广文的代表李老师、南京佛光艺术制像厂厂长吴仙学、总工程师戴小景等对制作完成的孙中山先生铜像进行最终评审、验收，同意出厂
1996	11	10	由江苏省机械施工有限公司第一分公司将铜像用大货车运至广场，晚10时30分开始吊装，顺利完成
1996	11	12	南京市重塑孙中山铜像落成揭幕典礼隆重举行，江苏省、南京市主要领导，各界人士及参建人员代表1000余人出席
1996	12	9	在中山陵园中山书院召开“南京市重塑孙中山铜像落成答谢会”，新街口广场改造工程领导小组成员及主要捐赠单位和个人代表出席，重塑办主任郑玉玺作总结汇报
1999	11	12	南京孙中山纪念馆、南京市台属联谊会赠送台北中山纪念馆的，由“雕评委”集体设计，戴广文雕刻，南京晨光集团公司铸造的2.0米孙中山先生铜像运抵台北，安放在台北中山纪念馆院内
2001	12	7	新街口人行天桥被拆除，行人改由地铁的地下通道通行
2001	12	8	因地铁施工，南京市政府经请示江苏省政府同意，临时将铜像外迁
2003	8	14	《南京晨报》民调：主张铜像放新街口广场的占70.16%
2004	5	28	南京市交管科研专家毕衍蒙提出，新街口车流量远超环岛承受能力，建议取消环岛，将孙中山先生铜像置于金陵饭店门前小花园中，引发社会强烈反响
2005	3	6	南京市建委回应：将在今年解决铜像回迁问题
2006	5	1	地铁2号线全面开工
2006	5	9	南京市有关部门提出铜像有新街口、大行宫、鼓楼3个安放地点可供选择，引起公众不满，再度引发铜像回归热议

2009	5	24	南京市政府决定将孙中山先生铜像回迁原址，委托东南大学建筑设计研究院副教授杨冬辉负责设计广场复建方案
2009	8	22	规划局民调：主张铜像安放新街口广场的占 58%
2009	9	1	复建方案公示结束，通过，铜像迁回原址，中心岛直径由 50 米缩至 18 米，地坪抬高 1.2 米
2009	9	3	广场复建方案形成
2010	5	19	孙中山先生铜像由老山迁回广场
2010	5	23	在孙中山先生奉安 81 周年之际举行了铜像回迁揭幕仪式

后　记

※

孙中山先生是伟大的民族英雄、伟大的爱国主义者、中国民主革命的伟大先驱。

他那“新三民主义”的思想，“天下为公”“世界大同”的目标，“博爱”的胸怀，“世界潮流，浩浩汤汤，顺之者昌，逆之者亡”的气魄，第一个喊出“振兴中华”口号的觉悟，“必须唤起民众，联合世界上一切以平等待我之民族，共同奋斗”的主张，亲手绘制“建国大纲”的宏伟蓝图，“奔走不息、呼唤革命”“要立志做大事，不要做大官”“百折不挠、屡败屡战”“大公无私、鞠躬尽瘁”的革命精神是中华民族的宝贵精神财富。

为什么孙中山先生铜像能在南京这座城市中心的新街口广场历经旧中国、新中国两个不同时期，长达24年一直保留在这里？

为什么在“文革”中被迁出近30年后终又重塑铜像安放在这里？

为什么世界上成千上万座城市，唯有南京市才享有这个殊荣？

他生前创建的中华民国临时政府的首都设在这里，并在此就任临时大总统；他的陵墓按照他的意愿选定在这里。

※

这就是这尊铜像之所以能矗立于南京这座特大城市中心位置的根本原因，也是这尊铜像之所以能成为南京这座城市的文化名片和重要标志的不二缘由。

这充分说明在南京新街口广场重塑孙中山先生铜像是有生命力的，是南京这座城市与孙中山先生独有的不解之缘，是其他城市所无法比拟的，是海内外中华儿女的众望所归。

在重塑过程中，中共南京市委、市政府搭建各种平台以广纳民意，汇集国内一流专家学者参与设计论证，再加上省市党政领导的正确决策，使民主性、科学性和权威性在这一工程中得以完美结合，确保了这尊孙中山先生铜像可以作为文物流传于后世的珍贵价值。

孙中山先生深受海内外中国人的一致景仰，他永远活在亿万中华儿女的心中!

图书在版编目（CIP）数据

孙中山先生铜像重塑实录 / 郑玉玺著 . -- 南京：南京出版社，2023.9

ISBN 978-7-5533-4198-9

Ⅰ . ①孙… Ⅱ . ①郑… Ⅲ . ①纪实文学—中国—当代 Ⅳ . ① I25

中国国家版本馆 CIP 数据核字（2023）第 122276 号

书　　名　孙中山先生铜像重塑实录
作　　者　郑玉玺
出版发行　南京出版传媒集团
南　京　出　版　社

社址：南京市太平门街53号　　　邮编：210016

网址：http：//www.njcbs.cn　　　电子信箱：njcbs1988@163.com

联系电话：025-83283893、83283864（营销）　025-83112257（编务）

出 版 人　项晓宁
出 品 人　卢海鸣
封面摄影　胡向阳
责任编辑　刘　娟
装帧设计　王　俊
责任印制　杨福彬

排　　版　南京新华丰制版有限公司
印　　刷　南京爱德印刷有限公司
开　　本　787毫米×1092毫米　1/16
印　　张　12　插页1
字　　数　187千
版　　次　2023年9月第1版
印　　次　2023年9月第1次印刷
书　　号　ISBN 978-7-5533-4198-9
定　　价　88.00元